KIRBY

UNA HISTORIA ROMÁNTICA DE VAMPIROS EN LA ÉPOCA VICTORIANA

MARGOTTE CHANNING

ÍNDICE

CONSEJO DE ERUDITOS DE BADDLEVAM

(Extracto de los escritos que se encuentran en la biblioteca del club Enigma de Dublín)

«... *R*ecientemente hemos certificado el caso de un acoplamiento producido entre un vampiro y una hembra humana, por lo que podemos confirmar que la posibilidad de que ciertas mujeres puedan ser las compañeras de algunos vampiros no es una leyenda.

En los escritos antiguos a estas mujeres se las llamaba *velisha** y, según los pergaminos de Naghar, en sus manos se encuentra la salvación de los machos que han perdido las ganas de vivir. Son, además, la única posibilidad de que vuelva a haber niños en nuestra sociedad.

Para que una humana se convierta en una de los nuestros, el vampiro y ella deben realizar el siguiente ritual: aparearse tres veces durante la misma noche y, en cada una de las tres ocasiones, ambos tienen que beber de la sangre del otro. Solo entonces se producirá la transformación, aunque la transición será dolorosa y durará varias horas.

Los Eruditos de Baddlevam estaremos pendientes por si se produce un nuevo acoplamiento entre miembros de las dos especies, ya que esa parece la única vía para la supervivencia de todos».

Velisha: en el idioma antiguo significa pequeño milagro.

CAPÍTULO 1

Año 1870
Dublín, Irlanda
Hogar de los Hamilton

Se despertó a causa de los gritos. Se sentó en la cama y se frotó los ojos con los puños, angustiada al reconocer las voces de sus padres; aunque intentó escuchar por qué discutían en esta ocasión, las palabras resultaban sofocadas por la puerta cerrada y se bajó de la cama mordiéndose el labio inferior, intentando no llorar al recordar que su madre le había regañado muchas veces por eso. Trató de no hacer ruido y por eso ni siquiera se puso las zapatillas. Abrió solo una rendija la puerta de su habitación, pero fue suficiente para escuchar el resto de la conversación. Solo tenía ocho años, pero ya sabía que, si se despertaba por una de sus discusiones, era mejor que no lo supieran. En ese momento, hablaba su padre:

—¡Por favor, Marian! Piensa en Kristel, solo te pido eso. ¡Si no lo haces por mí, hazlo por ella! —Escuchar los sollozos

3

de su padre provocó que a Kristel se le saltaran las lágrimas, mientras escuchaba la contestación de su madre.

—Alexander. —Aunque todavía era una niña, reconoció el tono de exasperación y aburrimiento de su madre, porque era el que usaba siempre con ella—. Reconozcamos que nuestra unión fue un error. Tú —se quedó en silencio unos segundos, como si estuviera pensando cómo decir lo que pensaba— me rescataste de la pobreza y te lo agradezco, pero no tenemos nada en común.

—¿Es porque no soy un vampiro?

La súplica en la voz de su padre, el respetado erudito Alexander Hamilton, era palpable y Kristel se tapó la boca con la mano, afligida. Su madre era una vampira pura y su padre un humano y a ella, hasta hacía poco, eso le había parecido de lo más normal. Desgraciadamente el último año había aprendido cuál era el nombre que se usaba para llamar a las personas como ella, que no eran ni humanas ni vampiras: híbrida o mestiza, así la llamaban algunas niñas en el colegio cuando querían insultarla. Su padre le decía que no tenía importancia y que no les hiciera caso; y ella lo había creído. Hasta ahora.

—No creo que esta conversación nos conduzca a nada —la voz de Marian cambió rápidamente del aburrimiento al enfado. Kristel también conocía esa entonación, solía utilizarla cuando ella no se movía o no la obedecía tan deprisa como ella esperaba.

—¿No vas a despedirte de Kristel? —la voz de su padre hizo que quisiera correr hacia él para abrazarlo, como él había hecho tantas veces para consolarla, pero el miedo que sentía hacia su madre era superior a ese sentimiento.

—Es más hija tuya que mía y los dos lo sabemos. Es demasiado… humana para mí. En realidad, los dos sois iguales. No vais a echarme de menos, Alexander. Es mejor así. —Kristel escuchó sus pasos alejándose y luego, el ruido de la puerta de la calle al cerrarse. Después, los sollozos contenidos de su padre. Intuyendo que, si salía de la habitación, lo avergonzaría. Cerró la puerta cuidadosamente y volvió a su cama. Solo después de que las mantas cubrieran su cabeza, imitó a su padre y lloró, aunque lo hizo con el menor ruido posible. Entonces, se prometió a sí misma que, cuando creciera, sería tan fuerte que no dejaría que nadie le hiciera lo que su madre le había hecho a su padre.

～

HABÍAN PASADO tres años y Kristel ya había cumplido los once. Estaban en invierno y la nieve lo cubría todo. Era muy tarde y ya la habían avisado para que se lavara las manos y fuera a cenar al salón, pero no conseguía despegarse del libro. La historia que estaba leyendo era demasiado interesante.

Estaba sentada en su sitio preferido, el sillón que había en la biblioteca junto a la chimenea. Le gustaba tanto porque los cojines eran muy mullidos y, cuando se repantingaba sobre ellos, le parecía que la abrazaban; además, la mantenían calentita. La biblioteca era la habitación más grande de la casa, debido al trabajo de su padre. Tenía más de dos mil volúmenes que trataban todo tipo de temas, vampíricos o humanos, y para Kristel era como estar en el paraíso. Pasaba muchas horas allí, leyendo, placer que su padre le había enseñado a disfrutar desde muy pequeña. Esa tarde estaba terminando *Jane Eyre*, una novela que le había traído de Londres cuando acudió a dar una conferencia. De repente, escuchó el ruido de la puerta de la entrada y una voz inconfundible. Saltó del sillón corriendo, abandonando el libro, y corrió hacia él, que ya entraba en la habitación.

—¡Papá!

Después de abrazarlo, se apartó para observarlo cuidadosamente. A pesar de su corta edad, ya se había dado cuenta de que nunca se recuperaría del abandono de su mujer y estaba preocupada por él. Casi todo su pelo se había vuelto blanco y, aunque siempre sonreía cuando estaba con ella, sus ojos seguían tristes.

—¿Estás muy cansado?

Contestó que no y volvió a abrazarla.

—¡Mi niña! —Parecía como si no se hubieran visto en meses, aunque solo había faltado de casa una semana.

—Papá, la próxima vez que te vayas, quiero ir contigo. Puedo esperar en la habitación del hotel leyendo. No te molestaré, de verdad. —Él sonrió con tristeza.

—Hija mía —acarició su pelo dulcemente, sintiendo en el alma la temprana madurez que mostraba su hija—, tienes que ir al colegio y aprender. —Sabía que su explicación no la satisfaría.

—El director O`Reilly dice que puede adelantarme un curso o dos si quiero, y que sé mucho más que mis compañeros.

—Lo sé, pero no quiero que te pierdas tu infancia. No tengas prisa por hacerte mayor, Kristel. Quiero que juegues y disfrutes como tienen que hacer los niños a tu edad. —Ella no quiso decirle que no tenía amigas y que nunca los tendría, porque a las niñas de su colegio no les gustaban las mestizas.

Su padre inspiró profundamente, se irguió y, cogiendo a su hija de la mano, le pidió:

—Ven, cariño, sentémonos un momento. Tengo que contarte una cosa. —La niña lo miró con sus enormes ojos color caramelo y supo que no se trataba de nada agradable. Cuando se sentaron juntos en el sofá, él repitió las palabras que había preparado durante las tres horas que había pasado en el tren—. Como sabes, he estado en una reunión con los eruditos, en Galway —ella asintió, muy seria—, allí me he enterado de que tu madre... Mmmm —dudó cómo seguir, a pesar de haberlo ensayado tantas veces, pero su hija lo apremió:

—Dilo, papá, no te preocupes. Ya sé que no va a volver.

—Hija, tu madre ha tenido dos niños. Creo que un niño y una niña, son mellizos.

Kristel palideció por la sorpresa, porque no se le había ocurrido que algo así pudiera ocurrir. El silencio entre ellos se alargó durante unos minutos, mientras ella miraba la alfombra turquesa y marrón que había a sus pies, luego, preguntó:

—Pero no tengo que ir a verlos, ¿verdad?

Alexander Hamilton, por primera vez en su vida, al observar los ojos de su hija, sintió ganas de hacer daño a alguien. Ningún niño debería tener esa tristeza en la mirada. Ninguno.

∼

KRISTEL ESPERÓ A ESTAR sola en su habitación, como hacía siempre, antes de desahogarse. Estaba segura de que su madre sí estaría orgullosa de los hijos que acababa de tener. Por casualidad se había enterado de que lord August, su nuevo marido, era un vampiro de sangre pura.

No volvieron a saber nada más de Marian. Ni siquiera se puso en contacto con Kristel cuando Alexander fue asesinado por *La Hermandad* seis años después. Al entierro solo acudieron algunos conocidos y los cinco eruditos a los que *La Hermandad* todavía no había asesinado, aunque, antes de que terminara el año, ninguno de ellos viviría.

∼

—BUENOS DÍAS, juez Richards —Kirby contestó al saludo del policía que estaba esa mañana de guardia en la puerta del juzgado, pero siguió andando a la misma velocidad con la que lo hacía todo desde que había vuelto de Dublín tres meses atrás, como si no pudiera detenerse ni un segundo.

Había decidido no tener ni un minuto libre para evitar pensar en ella, aunque, de momento, su plan no había surtido efecto. Seguía sin poder dormir bien, algo que se notaba desde hacía semanas en las ojeras moradas que había bajo sus ojos. Pasaba las noches dando vueltas en la cama hasta que, furioso, se levantaba y se sentaba frente a la chimenea con una botella de *whisky* en la mano, de la que bebía hasta que se quedaba dormido. Cuando se despertaba, pocas horas después, se duchaba, se vestía, y se iba a trabajar. Pero había algo peor que no dormir, y era que no había podido volver a beber sangre de ninguna de las proveedoras que solía utilizar. Desde que había vuelto, solo pensar en beber sangre de la vena de cualquiera que no fuera ella, hacía que sintiera ganas de vomitar. Y, como todo el mundo sabía, un vampiro no podía vivir mucho tiempo sin beber sangre.

Le sorprendió comprobar que en la puerta de su despacho estaba esperándole Amber Gallagher, la hija Malcolm Gallagher, el dueño del club Enigma de Cork, que había muerto fruto de un accidente hacía cinco días.

—Señorita Gallagher, no la esperaba esta mañana. —Ella se levantó de la silla y lo miró con sus feroces ojos negros.

—Llámame Amber, por favor. —Él arqueó una ceja por el tuteo, recordando su última visita, pero accedió a su petición.

—Entra, por favor. —Abrió la puerta para que lo precediera, notando las miradas admirativas de algunos de los miembros del personal masculino del juzgado. Les cerró la puerta en las narices y dejó su maletín y su abrigo, mientras decía—: Siéntate, enseguida estoy contigo. —Ella obedeció y esperó a que él hiciera lo mismo.

—Antes de nada, quiero pedirte disculpas. Siento cómo reaccioné la última vez que estuve aquí, pero estaba muy disgustada por la muerte de mi padre. A pesar de lo que te dije, sé que no pretendías engañarme ni ocultarme nada; mi padre te respetaba y él nunca se equivocaba al juzgar a los demás. —Kirby se echó hacia atrás en el asiento, sorprendido. Jamás habría imaginado que la orgullosa Amber Gallagher le pediría perdón por su comportamiento.

Su padre había muerto ahogado al precipitarse al mar mientras montaba en su caballo, aparentemente borracho. Al día siguiente de su muerte, Amber se había presentado en su despacho, gritando que la policía y los jueces de la ciudad eran todos unos corruptos; aseguraba que su padre había sido asesinado, ya que hacía semanas que había dejado de beber.

Kirby lo conocía bastante porque los problemas que causaba estando borracho, le hacían pasar con frecuencia por el juzgado; por ese motivo, el juez no había querido tener demasiada relación con él. Las acusaciones de Amber no eran ciertas, pero Kirby no les había dado demasiada importancia, creyendo que sus palabras estaban dictadas por el dolor que sentía y, como no era especialmente rencoroso e intentaba llevarse lo mejor posible con todo el mundo, no tenía ningún problema en pasar página en esa ocasión.

—No te preocupes, Amber. Por mí está olvidado —tenía curiosidad por saber por qué intentaba congraciarse con él —, aunque espero que no hayas venido para volver a hablar de lo mismo. Ya te dije que la policía estaba investigando el caso y que había que esperar…

—No estoy aquí por eso —interrumpió.

—¿Y qué te trae por aquí?

—Imagino que te has enterado de la muerte del director del puerto de Cobh. —Kirby arrugó la frente.

—Por supuesto. —A diferencia de la muerte de Malcolm Gallagher, la de Walker Nolan le había parecido muy extraña. Lo había tratado bastante, cuatro años atrás, cuando hubo varios asesinatos en el puerto y le había parecido muy sensato. Por eso le había extrañado que muriera de una forma tan tonta, cayéndose por las escaleras.

—Su… secretaria… —Amber tragó saliva y apartó la mirada— Brenda, es amiga mía, fuimos juntas en el colegio. Me ha dicho que entre los papeles de Nolan hay unos pergaminos escritos en el idioma antiguo.

—¿Unos pergaminos? ¿Cómo los consiguió Nolan? —Las pupilas del juez se habían dilatado debido al interés.

—Los encontraron unos obreros que allanaban el terreno donde va a construirse la catedral.

—¿Y por qué se los dieron a él?

—Puede que… —se mordió el labio pensativa, pero decidió decir la verdad— pensaran que así conseguirían más dinero que entregándolos a las autoridades.

—Comprendo. —Todavía quedaba por saber por qué le contaba todo esto a él—. ¿Sabe quién escribió los pergaminos?, ¿o sobre qué tratan?

—No, solo me dijo que son muy viejos, puede que tengan varios siglos de antigüedad. Y que están escritos en el idioma antiguo.

—Es curioso que no se los haya entregado a la mujer de Nolan. —Su mirada traspasó a Amber, que apretó los labios, entendiendo lo que insinuaba.

—La mujer de Nolan conoce la existencia de los pergaminos, pero Brenda todavía no se los ha entregado. Tenía órdenes de Nolan de revisar sus cosas cuando muriera y actuar como mejor le pareciera.

—¿Se lo dejó por escrito? Lo digo, porque si perjudica a su familia, su mujer podría denunciarla.

—No creo. Brenda es la albacea de su testamento. —Kirby la miró, incrédulo.

—Todo esto es muy interesante, pero me gustaría saber por qué me lo cuentas. Antes de nada, tenía que haber buscado un conocedor del idioma antiguo. —La escrutó, esperando que dijera lo que él quería escuchar.

—Los dos sabemos que no queda casi nadie que lo entienda, pero me he imaginado que tú conocerías a algún erudito que lo haga.

Kirby se reclinó en su silla con una sonrisa. Amber tenía razón, conocía a alguien que entendía perfectamente el idioma antiguo. Y no podía estar más contento por haber encontrado un motivo para que ella viniera a Cork. ¡Por fin tenía algo de suerte! Su mirada se perdió durante unos instantes en el mapa de Irlanda que había frente a él, donde había clavado una chincheta roja sobre la ciudad de Dublín, el primer día que volvió a trabajar, como si necesitara que le recordasen dónde estaba ella.

—Sí, conozco a alguien. Enviaré un mensaje para que venga lo antes posible.

—De acuerdo. Muchas gracias.

La mujer se marchó con una sensación extraña después de ver la expresión que lucía el juez Richards, era la misma que un gato cuando acaba de comerse al canario.

CAPÍTULO 2

K ristel estaba colocando los libros que los clientes habían devuelto el día anterior. Los compañeros que había tenido en las otras bibliotecas donde había trabajado decían que era lo más aburrido de su trabajo, pero a ella le tranquilizaba. Estaba subida sobre una antigua escalera de madera, dejando en su sitio dos tomos pertenecientes a la historia de la isla de Selaön, cuando escuchó que la llamaban. Era la voz de Cian.

—¡Kristel!

—¡Estoy aquí, Cian!, ¡en la sección de literatura fantástica!

El dueño y director del Club Enigma apareció ante ella enseguida, lo que le indicó que no había utilizado la velocidad normal de un humano, sino la vampírica. Y eso le extrañó, porque no solía hacerlo. Siempre que podía, Cian se comportaba como un hombre normal. Dejó el último libro en su estante y se bajó sujetándose la falda con la mano para no tropezar. Cian, al ver cómo se movía la escalera, la sujetó hasta que ella estuvo en el suelo.

—Esta escalera no es segura. Tienes que avisar de estas

cosas. —Frunció el ceño—. Ordenaré que compren otra. —Ella lo miró boquiabierta.

—¡No! No puedes hacer eso. —Acarició la madera—. Esta escalera tiene más de dos siglos. La donó la señorita Chambers antes de mudarse a Londres. —Pero Cian hizo un gesto con el que ella había descubierto, hacía tiempo, que ordenaba silencio. Y con la única persona que no le servía era con su mujer, Amélie.

—Kristel, no voy a dejar que mis empleados utilicen una escalera inestable porque sea una antigüedad; si algo no sirve, tenga los años que tenga, se compra otra, y esta —entrecerró los ojos al distinguir la tozudez en su mirada y decidió no ordenarle que se deshiciera de la dichosa escalera, que era su primera idea— la puedes dejar como adorno apoyada en las estanterías o algo así, pero no la utilices más.

—De acuerdo.

—Pero, aunque la escalera de la biblioteca es un tema fascinante —ironizó—, no es por lo que he venido. El motivo de mi visita es revelarte el contenido de una carta que he recibido. —Sacudió el papel que tenía en la mano derecha, para llamar la atención de la bibliotecaria sobre él—. Viene de Cork. —Ella tragó saliva esperando que, después de tantos años, su madre no hubiera dado señales de vida, pero enseguida se regañó por pensar tal cosa. Estaba segura de que su madre nunca se pondría en contacto con ella y, en el improbable caso de que lo hiciera alguna vez, no lo haría enviándole una carta a Cian.

Al ver su cara de susto, su jefe dijo:

—Acompáñame al despacho, puede que sea mejor que lo hablemos allí.

Obedeció con el corazón en un puño. Se sentaron frente a frente, separados por la ancha mesa de madera oscura de Cian, y su jefe ahora la observaba con indisimulada curiosidad.

—No suelo meterme en los asuntos de mis empleados, pero te has puesto pálida cuando te he dicho de dónde venía la carta. —Había colocado la carta de forma que ella no pudiera leerla y Kristel se encogió de hombros con estudiada indiferencia.

—No sé a qué te refieres. —Él le enseñó su mejor sonrisa burlona y murmuró:

—Te libras porque mi mujer me espera en casa para comer en media hora y, si quiero llegar a tiempo, tengo que salir en diez minutos, así que…

Esperó a ver si confesaba, pero ella permaneció en silencio. Cian soltó un gruñido bajo al ver que no conseguiría nada y extendió la carta frente a él, confesando:

—La envía Kirby Richards. —Al contrario de lo que le había pasado un momento antes, ahora la piel de Kristel enrojeció, lo que Cian encontró fascinante. Y fue cuando se dio cuenta de que la reacción anterior no había sido provocada por el juez, a pesar de que él creía que sí. Kristel agachó la mirada para ocultarle sus pensamientos y él suspiró—. Al parecer, han encontrado unos manuscritos que parecen… interesantes.

Leyó un trozo de la carta en voz alta:

—«Parece ser que los documentos son muy antiguos. Los han encontrado unos trabajadores que estaban excavando la tierra en el lugar donde se van a poner los cimientos de la Catedral de Cobh. —Levantó la mirada y sonrió al ver el cambio en la expresión de Kristel. Ahora se mordía el labio inferior y estaba sentada en el filo de la silla, a punto de caerse, intentando ver por sí misma las palabras de la carta. Cian siguió leyendo con una sonrisa divertida—… también me han informado de que los pergaminos están escritos en el idioma antiguo. El motivo de que se hayan dirigido a mí, es que no conocen a nadie que pueda traducirlos. Por supuesto, se niegan a que unos documentos tan valiosos salgan de la ciudad, así que me temo que, si podéis ayudarnos, tendréis que enviar aquí a un experto que pueda traducirlos. Con mucho gusto lo acompañaré hasta Cobh y le presentaré a Brenda Stevens, que es la que tiene los documentos en su poder». —Cian la miró inquisitivamente y ella negó con la cabeza.

—No —confirmó verbalmente, por si tenía alguna duda—. No voy a ir. —Su jefe sonreía como si supiera algo que ella no sabía—. A mí no me hace gracia, Cian, ¿esto es algún tipo de broma que habéis urdido entre todos? —Sabía que Kirby intentaría algo, pero esperaba que se presentara en Dublín con algún pretexto para intentar hablar con ella. Esto no parecía propio de él.

Cian se encogió de hombros disfrutando del momento; desgraciadamente había quedado con su mujer y no podía hacer durar la travesura tanto como le gustaría.

—Tienes razón, Kristel, todo esto es una tontería. ¿A ti qué te importan unos pergaminos perdidos que pueden tener varios siglos? —Dobló la carta en cuatro y se la metió en el bolsillo interior de la chaqueta.

—Y ahora, me voy a mi casa con mi esposa. —Se levantó y comenzó a ponerse el abrigo.

Kristel respiró hondo sintiéndose mareada. ¡Podrían ser los Pergaminos perdidos de Naghar! ¡Los documentos que su padre había buscado durante toda su vida! Se mordió el labio inferior, dudando, porque no sabía cómo reaccionaría cuando volviera a ver a Kirby, pero la duda solo le duró unos segundos… porque ¡Viajaría al otro lado del mundo si fuese necesario con tal de poder tenerlos en sus manos, aunque fuera solo una vez! Cian, con los guantes y el abrigo puesto, esperaba en el umbral de la puerta de su despacho con una sonrisa de sabiondo.

—¿Qué me dices, Kristel? ¿Le digo a Devan que prepare la maleta?

—¿Devan? —Distraída, pensando en las posibilidades de los pergaminos, repitió el nombre como un loro.

—Sí, después de los últimos ataques de *La Hermandad*, es la única manera en la que te dejaré viajar a Cork.

—Muchas gracias, pero no es necesario… —Cian hizo ese maldito gesto con la mano otra vez, ese con el que exigía silencio. Parecía su preferido.

—Tengo demasiada prisa para quedarme a discutir. Solo quiero que me digas si vas a ir o no.

—¿Puedo elegir? —Él arqueó una ceja, tremendamente divertido.

—Por supuesto, querida. —Ella pasó delante de él, muy digna y no se volvió hasta que llegó a la mitad del pasillo.

—Los dos sabemos que voy a ir, y tú lo sabías desde el primer momento en que recibiste esa dichosa carta. Es demasiado emocionante como para no hacerlo. Dile a Devan lo que quieras, yo voy a hacer la maleta. Estaré lista en media hora.

Se marchó por el pasillo con paso rápido, mientras escuchaba una carcajada y las últimas palabras de su jefe:

—¡No hace falta que corras tanto, el tren no sale hasta las cuatro de la tarde! ¡Y Devan ya tiene los billetes! —Sintiéndose mejor después de escuchar el bufido y el murmullo de su bibliotecaria, que debía de estar acordándose de todos sus antepasados, se dirigió a la calle para coger su coche, riendo por lo bajo. Estaba deseando llegar a su casa para contárselo todo a Amélie.

—Tenía que haberme imaginado que no me dejarías dormir ni un momento.

Había pensado aprovechar el tiempo en el tren para descansar, pero Devan no era de la misma opinión. Viajaban en un compartimento privado para los dos que les permitía viajar con total comodidad.

Kristel lucía un vestido de terciopelo verde oscuro que resaltaba sus ojos y que delineaba perfectamente su delgada silueta, y Devan iba tan impecablemente vestido como siempre; el traje se le adaptaba al cuerpo como una segunda piel, aclarando por qué tanto él como Cian se hacían la ropa a medida. Devan era alto y delgado y tenía el rostro de un querubín, pero, como Kristel sabía bien, no era ningún angelito.

—A ver si así consigues dormir por las noches. —La forma en que la miró, la desconcertó.

—¿Estás preocupado? ¿Por mí? —él asintió, sorprendiéndola aún más. Hacía tiempo que lo sospechaba por su forma de actuar con ella, pero él nunca lo había admitido claramente.

—No sé de qué te extrañas. Somos amigos, ¿no? —No pudo evitar sonreírle. Devan, cuando quería, era encantador y solía utilizar su atractivo sin ningún pudor. Gracias al trabajo de ambos en el club, en los últimos meses habían podido conocerse bastante bien y entre ellos había nacido una singular amistad.

—Sabes que sí, es solo que no estoy acostumbrada a tener amigos. —La miraba fijamente—. Deja de mirarme como a un bicho raro. —Él rio a carcajadas, negando que lo hiciera.

—Sigo sin entender por qué te resulta tan raro que la gente te coja cariño. Cian también te aprecia, pero no tiene tanta confianza contigo como yo. —Kristel se ruborizó, aunque esta vez fue por la satisfacción que le provocaron sus palabras, ocasionando más risitas en su amigo.

—¡No te rías! —susurró cariñosamente y él hizo un mohín como si fuera un niño al que le hubieran regañado por travieso.

—Espero que me hagas caso y con este viaje empieces a

disfrutar de la vida... y, para empezar, enseguida voy a hablarte de la señora Hopkins, pero antes voy a contarte un secreto que te va a encantar.

—¿Qué es? —se extrañó al ver que Devan bajaba la voz y se inclinaba hacia ella, a pesar de que estaban en un compartimento privado.

—Hace semanas que Kirby, Gale y Cian, ayudados por los *Cuatro Legendarios*, han comenzado a hablar con algunos estudiosos —sus palabras consiguieron que Kristel sintiera un sudor frío. Abrió la boca, pero volvió a cerrarla instantáneamente, sin atreverse a decir lo que tenía en la punta de la lengua—. Venga, pregúntamelo —la animó. Ella tuvo que mojarse los labios antes de hacerlo:

—¿Están buscando eruditos para el nuevo consejo?

—Sí, y se están encontrando con más dificultades de las que pensaban. Ya ha habido varios que se han negado, por lo que les ocurrió a los anteriores miembros. —No dejó de observarla ni un segundo—. ¿Te gustaría ser uno de ellos? —Kristel se sobresaltó.

—¿Yo?

—Sí, no conozco a nadie más capacitado que tú. Y tanto Cian como Kirby y, por supuesto, Gale, quieren que, los que entren, sean los que más lo merezcan. —Ella desvió la mirada, pero Devan no dejó que se escabullera. Podía ser muy insistente cuando quería—. Pensaba que dirías que sí enseguida...

—Desde que soy adulta no he deseado ni una vez tener el mismo trabajo que mi padre —sus ojos se habían llenado de sombras—, aunque, cuando era una niña era a lo único a lo que aspiraba, por eso estudiaba tanto... ¿Es que te han dicho algo?

—Cian me preguntó si creía que tú querrías formar parte del proyecto.

—¿Y qué le has contestado?

—Que te lo preguntaría y también que sería una pena que dijeras que no, porque estoy seguro de que hay pocos estudiosos que sepan tanto como tú de la época antigua. Al menos en Irlanda.

—Ahora mismo no tengo una respuesta para ti. No sé si el riesgo merece la pena —suspiró—. Mi padre murió solo por haberse atrevido a casarse con una vampira siendo un simple humano; él nunca hizo daño a nadie y, cuando lo asesinaron, lo perdí a él, mi casa y mi país. Solo por ser su hija, una mestiza, pasé a ser objetivo de *La Hermandad* —Devan asintió, algo abochornado por ser vampiro en ese momento, aunque ya se lo había contado—. Aquella época fue la peor de mi vida.

—Sabes lo que opino de todo lo que os hicieron, pero si ellos no existieran, ¿lo harías?

—Por supuesto que sí. No creo que exista un trabajo más apasionante para mí. Viajar por todo el mundo estudiando escritos antiguos, y debatir con otros científicos cómo mejorar la vida de nuestra sociedad... —suspiró con una sonrisa—. Mi padre me habló mucho sobre esas reuniones en las que se hablaba de todo, literatura, ciencia, astronomía... disfrutó inmensamente de su trabajo. No sé si yo sería la persona adecuada.

—Lo serías. Tu padre te enseñó bien y tú has terminado de prepararte durante estos años; pero no voy a intentar convencerte, solo déjame recordarte algo que dijo Séneca: «La verdadera felicidad es disfrutar del presente». —Se quedó boquiabierta, no por la frase ya que la conocía de sobra, sino porque Devan no parecía alguien que hubiera leído a su filósofo griego preferido. Su estupor le causó gracia—. Yo también leo de vez en cuando —bromeó—. Kristel, quiero que pienses si merece la pena dejar de hacer algo que te gusta tanto, por miedo a lo que pueda pasar. Tarde o temprano es una decisión que todos tenemos que tomar, pero te prometo que te apoyaré, decidas lo que decidas.

—Está bien. Lo pensaré.

—Y otra cosa, es inaceptable que el trabajo sea lo único emocionante de tu vida.

—Me pregunto cómo es posible que engañes a todo el mundo con esa aparente superficialidad que muestras habitualmente. —Devan se miró las uñas, en una demostración traviesa de la actitud de la que ella hablaba, y que exhibía cuando no quería que lo tomaran en serio.

—No estamos hablando sobre mí, cariño. —Kristel hizo una mueca de contrariedad.

—¿Vas a ponerte tan pesado como habitualmente hasta que consigas una respuesta?

—En una palabra: sí. —Volvió a inclinarse hacia ella, desapareciendo de su cara la expresión de aburrimiento que tenía tan ensayada—. Kristel, no quiero que dentro de unos años te arrepientas de algo que no hiciste por cobardía, sé que tú no eres así. Confía en mí, por favor. Tú no sabes lo que es… —arrepentido por haber estado a punto de hablar demasiado, se reclinó en el sillón y terminó diciendo—: Dejémoslo, ya veo que todo lo que te diga va a ser inútil. —Ella cubrió la mano masculina con la suya, un poco avergonzada.

—Sé a lo que te refieres y lo pensaré, te lo prometo. Es solo que el juez Richards —se estremeció al decir su nombre y recordar lo que había sentido la primera vez que se miraron— no era como yo esperaba y me sorprendió, eso es todo.

—Kristel, saltaban chispas entre vosotros. Todos los que os vimos juntos, nos dimos cuenta —sonrió de nuevo traviesamente y, levantando su mano le dio un suave beso en los nudillos— y, como has aguantado muy bien mi charla, aunque sé lo aburrido que es escuchar consejos… ha llegado el momento de la diversión, voy a hablarte de la señora Hopkins.

—¿Quién es? —Devan sonrió, sin contestar, y comenzó su historia:

—Hace unos cincuenta años, más o menos, cuando empecé a trabajar en el Enigma, había una vieja bibliotecaria que se llamaba señora Hopkins, aunque luego nos enteramos de que ese no era su nombre verdadero. —Kristel lo miró, incrédula.

—¡Me mentisteis! ¡Dijisteis que no había habido ningún bibliotecario en el club desde el señor Sanderson, el anciano vampiro que se despidió de la vida con una fiesta a la que asistió toda la sociedad de Dublín!

—Nos dio vergüenza hablarte de ella, pero no te mentimos. —Al ver su cara, se explicó—: El señor Sanderson sustituyó a la señora Hopkins; era muy anciano y llevaba muchos años solo, desde que su mujer murió en un accidente. Siempre decía que quería dejar de vivir, y Cian, aprovechando su profundo conocimiento de los clásicos, le ofreció el puesto de bibliotecario, esperando que el trabajo le animara a seguir viviendo unos años más. Desgraciadamente, no sirvió de mucho. —Entrecerró los ojos, pensativo—. Creo recordar que estuvo con nosotros solo diez meses. Se notaba que estaba muy cansado y todos imaginábamos que tarde o temprano, se marcharía. Después de él, no hubo nadie más hasta que llegaste tú —Kristel asintió deseando que le contase el resto—. Entonces, continúo con la señora Hopkins. También era muy mayor y parecía encantarle su trabajo. —Rio por lo bajo, aunque Kristel no le veía la gracia.

—¿Era una vampira pura? —La sonrisa de Devan se desvaneció al escuchar su pregunta.

—Sí. —Hasta que fueron amigos, no había sido consciente del sufrimiento que sentían los híbridos o mestizos (dos palabras que Devan ahora odiaba), a causa de la forma en que los veía el resto de la sociedad. Decidió aparentar que su pregunta no lo había estremecido y continuó—: No me interrumpas más, pesada. —Kristel meneó la cabeza y se acomodó en su asiento, dispuesta a disfrutar. Devan era un excelente narrador—. Desde el principio, a Cian y a mí nos llamó la atención que la bibliotecaria estuviera tan entregada a su trabajo y que se pasara el día metida allí. Llegaba la primera y se iba la última, incluso le habíamos dado una copia de las llaves para que pudiera abrir y cerrar. —Kristel se extrañó porque, al menos desde que ella trabajaba allí, siempre había alguien de seguridad en la puerta que abría a los empleados—. Aquella era una época mucho más tranquila y no suponía ningún peligro para ella estar sola en el club. Además, su hijo siempre iba a recogerla por las noches y la traía al club a primera hora de la mañana.

—¿Cuánto tiempo estuvo trabajando en el Enigma?

—Varios años. No te creas, ahora somos capaces de reírnos de lo ocurrido, pero entonces… creo que tardamos años en poder verlo con humor.

—¡Por favor! Estoy deseando que me lo cuentes.

—Antes tengo que ponerte en antecedentes. Quiero que te imagines como era: una vampira muy mayor, de aspecto muy frágil, con el pelo blanco. —Hizo una mueca—. Debía de tener varios siglos… era pequeñita y muy delgada, casi como tú. —Ella le dio un golpe en el brazo.

—¡Oye! ¡Que si quiero te puedo pegar una paliza! —Él se apartó levantando el brazo como defensa, riendo a carcajadas.

—Si me maltratas, no te cuento el resto. —Ella volvió a recostarse en el asiento, sin dejar de sonreír.

—Sigue —ordenó.

—De acuerdo. —La picardía de su mirada le avisaba de que se fuera preparando para lo que continuaba—. Durante años, todos los que trabajábamos en el club nos acostumbramos a que la señora Hopkins y su hijo siempre estuvieran en la biblioteca. Cuando llegábamos por la mañana ella ya estaba allí y cuando nos marchábamos por la noche, seguía en su puesto. Por entonces, el de Dublín era el único Enigma que había en Irlanda y uno de los pocos en toda Europa, y era muy habitual que nos solicitaran copias de los libros y los pergaminos que había en la biblioteca. —Eso ya lo sabía Kristel. En la biblioteca se guardaban inventarios de todas las copias que se habían hecho, cuándo, y a dónde se habían enviado.

—Es curioso que nunca haya oído hablar de ella —murmuró. Cada vez estaba más extrañada.

—Si me dejas terminar de explicártelo... —Ella puso los ojos en blanco y se prometió que no volvería a abrir la boca hasta que terminara—. Una noche Cian y yo habíamos ido a... una fiesta cerca del club. —Kristel sonrió porque supo, por su forma de decirlo, que esa fiesta incluía mujeres y alcohol, ¡habría que verlos a los dos en aquella época! Y por la sonrisa de Devan, todavía recordaba cómo se lo pasaron—. Estábamos bastante borrachos, tanto, que decidimos volver al club en lugar de irnos a casa y dormir allí. Ya sabes que hay varios dormitorios abajo; y, aunque por entonces el piso de Cian no estaba tan arreglado como ahora, había un par de camas. —Kristel casi no respiraba esperando el final de la historia—. Cuando entramos, a pesar de ir tan bebidos, escuchamos ruidos al otro lado del club y se nos quitó la borrachera de golpe. Cian y yo nos miramos durante un instante y corrimos silenciosamente hasta la biblioteca, de donde procedían los sonidos. —Kristel estaba a punto de gritar por la curiosidad, pero él puso fin a su agonía—. Al llegar allí no vimos nada, y fue cuando nos dimos cuenta de que el sonido venía de la sala de reuniones. A pesar de que la puerta de la sala estaba cerrada, escuchamos a una mujer gritando algo a un hombre y cómo este se quejaba, además... —en su mirada se notó el estupor que sintió en esos momentos— oímos... latigazos. Cian abrió la puerta decidido, al igual que yo, a luchar contra los intrusos, pero los dos nos quedamos atónitos por la imagen que apareció ante nosotros. —Respiró profundamente antes de continuar—. Encima de la mesa que los miembros de *La Brigada* y los de la junta directiva del club, entre otros, usaban para sus reuniones, había un hombre tumbado bocarriba, casi totalmente desnudo, a excepción de un trozo de cuero negro que cubría sus partes pudendas y una máscara que le tapaba el rostro. Estaba atado con las piernas y los brazos extendidos, mientras recibía latigazos de la señora Hopkins, que solo llevaba ropa interior de cuero negro igual que él, pero ella llevaba el rostro descubierto. El que suponíamos que era el hijo de la señora Hopkins, que más tarde descubrimos que era su amante y ayudante, estaba tomando fotos de todo.

—¿Qué? —Devan volvió a reír al ver su cara de sorpresa.

—Esa misma cara de incredulidad se nos quedó a Cian y a mí. Días después nos enteramos de que la señora Hopkins era una ancianita muy ocupada. Era la mayor *dominatrix* de toda Europa y utilizaba el club, y más concretamente la biblioteca, todas las noches, para trabajar con alguno de sus esclavos. Por lo visto le pagaban una fortuna por cada sesión. —Kristel comenzó a reír sin parar imaginando la escena y, cuando terminó, tuvo que abrazarse por la cintura porque le dolía el costado de tanto reír y más relajada que en años. Devan esperó a que se calmara antes de continuar—. Lo mejor fue cuando nos dijo que había llegado a un nivel de excelencia tan alto en su trabajo, y se refería a su forma de utilizar el látigo, por supuesto, porque llevaba usándolo más de ciento cincuenta años y consideraba que realizar sus... prácticas en la biblioteca, era una especie de honor para el club. Más tarde nos confesaría que su mayor negocio eran las fotografías y que había estado buscando un lugar tranquilo donde poder realizarlas; por ese motivo había empezado a trabajar en la biblioteca, ya que a sus clientes les daba mucho morbo verla trabajar en un lugar como ese.

—¿Quieres decir que en la mesa donde se reúnen los miembros de *La Brigada* o los *Cuatro Legendarios*, esa mujer y sus... clientes...? —No pudo seguir hablando, se encontraba a medio camino entre el horror y la diversión.

—No. Cian se deshizo de todos los muebles que había entonces y los cambió por otros. Dijo que no podía soportar verlos. —Torció la boca haciendo una mueca y los dos empezaron a reír a carcajadas. El resto del viaje hablaron poco, la mayor parte del tiempo estuvieron envueltos en un cómodo silencio hasta que llegaron a Cork.

CAPÍTULO 3

Kirby recorrió varias veces el andén, hasta que se dio cuenta de que así solo conseguiría ponerse más nervioso. Por fin escuchó el sonido de la locomotora avisando de su cercanía y se colocó en la mitad del andén, porque no sabía si ella estaría en los primeros vagones o en los de cola. Según el reloj de la estación y el suyo de bolsillo, que iba a desgastar si lo seguía mirando, el tren llegaba extrañamente puntual, apenas se retrasaba quince minutos.

Respiró hondo un par de veces, pero seguía muy tenso. Hacía demasiado tiempo que no la veía y haría lo que fuera para que esta vez no lo rechazara.

El tren hizo su entrada en la estación, reduciendo la velocidad, hasta detenerse definitivamente frente a él soltando vapor y suciedad. La vio enseguida, llevaba el pelo recogido debajo de un sombrerito verde y se le aceleró el corazón por su cercanía, pero cuando la observó reír con un hombre cuya cara no podía ver, frunció el ceño, suspicaz, aunque pensó que sería otro pasajero. Se acercó a la puerta del vagón que

un empleado mantenía abierta y esperó impaciente a que
bajara.

~

KRISTEL SEGUÍA RIENDO DESPUÉS del último comentario de
Devan acerca del sombrero de una pasajera. Con toda la maldad
de la que era capaz, que era mucha, había hecho un análisis deta-
llado del gorrito que estaba decorado con una jaula pequeña
dentro de la que había dos pájaros. Todavía intentaba controlar
las carcajadas cuando puso el pie en el primer escalón para bajar
del tren y encontró una mano frente a su rostro con la palma
hacia arriba, ofreciendo su ayuda silenciosamente. Dudó un
segundo antes de aceptar porque enseguida había sabido a quién
pertenecía. Al final lo hizo porque, aunque él no llevaba guantes,
ella sí, y pensó que eso la protegería de su tacto. Con una sonrisa
muda, se apoyó en su mano y bajó los escalones. Devan la siguió
en silencio y se mantuvo así mientras ellos se miraban a los ojos.

—Bienvenida, Kristel. —Aún tenía su mano resguardada
por la suya, transmitiéndole su calor a través de la fina piel
de los guantes.

—Gracias, Kirby. —Devan observaba la escena con una
sonrisa socarrona y decidió dar un paso al frente, seguro de
que eran capaces de marcharse sin él, olvidándose de que
estaba allí.

—Juez Richards. —Adelantó la mano para estrechar la del
otro vampiro; Kirby pareció sorprendido al verlo, miró a
Kristel y volvió a mirarlo a él. Después arqueó una ceja
pidiendo una explicación, provocando que Kristel, precisamente por su gesto decidiera no explicarle nada, pero Devan
no tenía ganas de tener un enemigo tan peligroso como el
juez, solo por un malentendido—. He venido a acompañar a
Kristel siguiendo instrucciones de Cian. Por su seguridad. —

Kirby entrecerró los ojos, captando la intención oculta en la última frase.

—Por supuesto. —Ofreció su brazo a Kristel—. ¿Nos vamos? —Ella colocó su mano en el duro antebrazo del juez y se volvió a mirar a Devan que simuló observar el tejado de la estación, como si estuviera interesado en su construcción. Pero Kristel no era tonta, acababa de pasar algo entre los dos vampiros, algo que le afectaba a ella. No sabía qué era, pero lo averiguaría—. No tenía ni idea de que Ravisham te acompañaría, pero me alegro de que no hayas viajado sola.

Devan, de manera sutil, se colocó en el costado libre de Kristel, en su flanco derecho, de modo que cada uno de los dos vampiros custodiaba uno de sus lados, aunque los dos caminaban tan tranquilos como si no tuvieran ningún problema en el mundo. Mientras Kristel contestaba a su comentario, el juez lanzó una rápida y dura mirada a Devan, que el aludido respondió con una sutil inclinación de su cabeza confirmándole que, cuando estuvieran a solas, hablarían.

—Cian insistió. A decir verdad, se puso muy pesado. —Hizo como si no se diera cuenta de las miraditas entre los dos y puso los ojos en blanco. No se podía creer que de verdad pensaran que estaban siendo discretos—. Al principio no me pareció bien, pero después me he alegrado de que lo hiciera. Como sabrás, Devan es encantador y el viaje se me ha pasado volando. Así no me he vuelto loca por las ganas que tenía de llegar para estudiar esos documentos —intentaba pincharle un poco, molesta por las miraditas entre ellos y, aunque notó la tensión en el brazo de Kirby y su mirada de reojo, el juez no contestó. Siguió caminando con la misma tranquila elegancia, y ella tenía que seguirlo.

—Tengo el coche fuera —Devan se anticipó a explicarle que ya tenían planes.

—Tenemos reservadas un par de habitaciones en el Hotel Real —Kirby asintió con desinterés cuando llegaron frente a su carruaje. Abrió la puerta y sujetó el brazo de Kristel para ayudarla a entrar—. Permíteme que te ayude, querida. — Después de que se acomodara, se apartó a un lado del carruaje para que no pudiera verlo y se quedó mirando a Devan fijamente, hasta que en las profundidades de sus pupilas aparecieron dos llamas rojas; el otro vampiro levantó las manos con las palmas hacia arriba en son de paz, negando con la cabeza. Kirby se obligó a calmarse, seguro de que había dejado las cosas claras y se sentó junto a Kristel. Devan lo siguió.

Mientras el carruaje rodaba por las calles empedradas de Cork, Kristel estuvo más parlanchina de lo habitual. Confesó lo ilusionada que estaba por tener la oportunidad de estudiar los pergaminos, sin darse cuenta de que ninguno de los dos machos dijeron ni una palabra durante todo el trayecto. Cuando el coche se detuvo y un lacayo abrió la puerta, Kristel y Devan se dieron cuenta de que no estaban ante su hotel.

Era un barrio lujoso, se veía enseguida por lo limpio que estaba, por los edificios lujosos y porque en las calles ya se habían instalado las farolas de gas, que habían comenzado a extenderse por toda Europa desde hacía pocos años. Kristel bajó del coche ayudada por Kirby, boquiabierta ante la belleza del edificio que tenían delante. Era una mansión georgiana de estructura cuadrada, de color gris y cuatro plantas de altura. Tenía numerosas ventanas y en el trozo del jardín que podía verse desde allí, había dos sauces llorones cuyas ramas llegaban hasta el suelo, creando un ambiente mágico, aumentado por las numerosas flores que coloreaban los bordes del camino que, cruzando la verja, conducía hasta la casa. El conjunto formaba un conjunto colorido, pintoresco y extrañamente acogedor.

—¿Este es el hotel? —lo preguntó, a pesar de que conocía la respuesta.

—No, es mi casa.

—¿Qué hacemos aquí? —La mirada del juez se perdió en las profundidades de los ojos de ella, que ahora parecían verdes.

Fue lo primero que le llamó la atención de ella, sus ojos. Había veces que eran dorados, con un color parecido a los de él, y otras eran verdes dependiendo de su estado de ánimo.

Devan también había bajado del coche y ahora admiraba el palacete-residencia del juez demostrando que, aunque por su actitud no lo parecía, era más rico que Creso. Devan se acercó unos pasos al edificio para observarlo más de cerca, haciendo que tanto Kirby como Kristel salieran de su mutuo ensimismamiento y lo miraran. Kirby carraspeó mientras levantaba su brazo izquierdo a modo de invitación:

—Después de todo, estáis aquí por mi culpa. Y como podéis ver, tengo habitaciones de sobra. —Devan empezó a caminar hacia la puerta que mantenía abierta el que parecía ser el mayordomo, dejándolos solos.

Tenía la intención de estorbar lo mínimo posible a la pareja, esa era una de las razones por las que había accedido a venir cuando Cian se lo propuso. Quería estar seguro de que Kristel no desaprovechaba la oportunidad de ser feliz, por miedo o por su pasado. Si Kirby no hubiera enviado el mensaje, Cian y él ya habían empezado a pensar cómo hacer para que el juez tuviera que viajar a Dublín en poco tiempo. Ambos habían visto la tremenda atracción que había surgido entre el juez y Kristel cuando se conocieron, y era algo demasiado especial para dejar que los protagonistas no lo aprovecharan. Devan conocía bien a Kristel y sabía que solo necesitaba un pequeño empujón para enamorarse. De momento, el juez se estaba desenvolviendo bien; lo de llevarlos a su casa, había sido una buena jugada.

Kristel observó con el corazón retumbando en sus oídos cómo Devan charlaba un momento con el mayordomo y luego entraba en la casa.

—¿Vamos? —Kirby volvió a ofrecerle su brazo y bajo su seriedad habitual, ella notó la duda en su expresión y eso hizo que le sonriera ligeramente antes de aceptar. Entraron en la casa sin que ella se percatara del gesto de júbilo que había aparecido en el rostro del vampiro.

∿

ALFRED, el mayordomo, no perdió la compostura en ningún momento, a pesar de que el juez no le había avisado de que iban a tener invitados en la casa durante unos días. Que solo faltaran unos minutos para la hora de la cena, que la cocinera solo hubiera preparado comida para un comensal, y que la única habitación del piso superior que estaba lista para esa noche fuera la del dueño de la casa, era algo que a Kirby Richards no se le había pasado por la cabeza. Pero el mayordomo fue en lo primero que pensó en cuanto escuchó sus palabras:

—Alfred, te presento a la señorita Kristel Hamilton y a Devan Ravisham. —La mirada del mayordomo se detuvo un par de segundos más de lo habitual en la mujer, conociendo el interés que su jefe tenía en ella. Inclinó la cabeza ante ellos con un murmullo y Kirby continuó—: Se van a quedar unos días con nosotros.

—Por supuesto, señor. Entonces, ¿aviso en la cocina de que serán tres para cenar?

—Sí, esperaremos en el salón. —Se volvió hacia Kristel, a la que le había quitado el abrigo él mismo y se lo había entregado a Tom, el ayudante del mayordomo. Había aprovechado para rozar el cuello de la mujer con un dedo, sintiendo sus colmillos palpitar al hacerlo. Sonrió con aspecto inocente

31

diciendo—: Por aquí. —Guio a sus invitados hasta el salón y esperó educadamente a que ellos entraran en la habitación, antes de hacerlo él.

En cuanto desaparecieron, Alfred cambió, andando con la máxima celeridad hasta la cocina que estaba en el otro extremo de la mansión. La rapidez a la que se movía contrastaba con la dignidad que lucía habitualmente. Era un hombre muy alto y delgado, de gesto serio. Tenía la mandíbula cuadrada, nariz aguileña, grandes ojos verdes y el pelo gris. Al entrar en la cocina su mirada se dirigió, como siempre, a la cocinera, Mary Anne Farrell, una mujer joven llena de curvas (aunque para él tenía las justas, ni más ni menos), bajita, con los ojos grises, pelirroja y pecosa. Ella lo miró mientras se lavaba las manos en el fregadero y arqueó sus cejas rojizas. Se conocían demasiado bien y sabía que pasaba algo.

—Ha traído invitados. Dos. Se quedan a cenar y a pasar unos días —ella asintió, tranquila, y se secó las manos en el delantal y ordenó a su ayudante:

—Mary, trae el trozo de carne que hay en la fresquera y luego comienza a afilar el cuchillo de los filetes. —Se dirigió a la despensa y se agachó para buscar algo. Alfred la siguió y no pudo resistirse. Se acercó y se pegó a la parte trasera de ella, agarrándola por las caderas, con un gemido de deseo. Ella se dio la vuelta indignada—. ¿Qué haces?, ¿estás loco? —susurró, mirando detrás de él por si la pinche los había visto.

Alfred sonreía como si tuviera diez años y, aprovechando que se había dado la vuelta, la enganchó por la cintura, y la acercó a él para besarla con pasión. Fue un beso corto, pero intenso, que la dejó acalorada y con estrellas en los ojos y, a pesar de ello, lo empujó para apartarlo de ella. Él se inclinó y le dio un último beso en la mejilla marchándose con una gran sonrisa que intentó ocultar al salir.

—Voy a avisar a las doncellas para que preparen las habitaciones —ella murmuró algo que no se escuchó con claridad,
porque ya había vuelto a inclinarse sobre la cesta de las verduras, que era lo que estaba haciendo cuando Alfred la había asal-
tado inesperadamente. Finalmente, se decidió a preparar unas
patatas para acompañar la carne, y como primer plato utilizaría
la crema de calabaza que tenía preparada para el día siguiente.
Metió las patatas en su delantal ahuecado para que le sirviera
como bolsa y se alejó cojeando ostensiblemente, lo que no le
impedía andar a la misma velocidad que cualquiera. Estaba
acostumbrada a su «singularidad» como la llamaba Alfred, ya
que siempre había sido coja, desde su nacimiento. Tenía pocos
días de vida cuando la habían abandonado en un orfanato dirigido por monjas con mano de hierro. Seguramente su familia
lo había hecho al darse cuenta de que su pierna izquierda era
varios centímetros más corta que la derecha.

~

—SEGURO QUE ESTÁIS muertos de hambre. Voy a preguntar
por qué la cena tarda tanto. —A pesar de que Kristel sentía el
estómago vacío, puso su mano sobre la de Kirby para evitar
que se levantara. Ella sí sabía por qué la cena estaba
tardando, porque a la pobre cocinera nadie le había avisado
de que irían a cenar esa noche, de modo que compuso su
mejor sonrisa y contestó:

—Démosles otros quince minutos. Estamos muy a gusto.
Mientras, podrías contarme todo lo que sepas sobre los
pergaminos. —El juez abrió la boca para decirle que realmente no sabía nada más que lo que ya le había dicho,
cuando Devan comentó:

—Pues yo me comería un buey.

Estaba sentado enfrente de ellos, en un sillón orejero, con

un vaso de *whisky* en las manos que se terminó de un trago en ese momento. Al ver la mirada de su amiga, dijo:

—Está bien, está bien... aunque tengo hambre, puedo esperar.

Llamaron a la puerta. Kirby contestó:

—Pase. —Era Alfred. Les comunicó que la cena estaba servida y pasaron al comedor.

El anfitrión la acompañó hasta la silla que estaba a la derecha de la suya; la de Devan estaba a la izquierda del juez. Cuando todos se sentaron les sirvieron crema de puerros, su favorita, y tuvo el placer de ver cuánto le gustaba a Kristel.

—¿Te gusta? —Ella cerró los ojos, relamiéndose, y él sintió que su miembro se hinchaba al ver su lengua. Se movió en la silla intentando ponerse más cómodo.

—¡Está buenísima! Y eso que los puerros no me gustan demasiado... nunca había probado una crema tan rica.

—Annie es la mejor cocinera de todo Cork. —Buscó la mirada de su mayordomo que estaba junto a la puerta, haciendo indicaciones a las dos doncellas que les estaban sirviendo la cena—. ¿No es verdad, Alfred?

Ante la sorpresa de Kristel, el mayordomo perdió su máscara de frialdad y sonrió de tal manera, que supo que la cocinera era muy especial para él.

—Sí, señor. Y posiblemente, de toda Irlanda.

Kirby bajó la cabeza y siguió comiendo, pero Kristel se quedó con la cuchara a medio camino pensando que esa faceta de él, tan cercana a su mayordomo, le hacía mucho más atractivo para ella. Recordándose que había cerrado ese capítulo antes de abrirlo, terminó su crema en silencio. La tensión que había entre ellos les hacía difícil mantener una conversación superficial, pero antes de que el silencio se extendiera demasiado tiempo, Devan intervino:

—Por cierto, juez, hay algo sobre lo que quiero preguntarte.

—Dime. —Era una tontería que no se tuteasen, ahora que sabía que Devan no tenía interés en Kristel, romántico quería decir; siendo así, le estaba agradecido porque hubiera cuidado de ella durante el viaje.

—¿Se ha sabido algo nuevo sobre la muerte de Malcolm Gallagher? —Algo en Devan hizo que Kirby le prestara toda su atención, poniéndose alerta al instante.

Sabía que Devan, al igual que Cian, recibían información de los bajos fondos de Dublín de manera habitual, es decir, que solían estar muy bien informados. Pero a Kirby le sorprendió la expresión tensa que había en el rostro del segundo de Cian, al hablar de la muerte de Gallagher. Nunca lo había visto tan serio, y eso que había estado con él en un par de ocasiones en las que habían tenido que luchar, codo con codo, contra los agentes de *La Hermandad*.

—De momento la policía solo contempla la posibilidad de que fuera un accidente, aunque siguen investigándolo. ¿Por qué lo preguntas? —Se reclinó, erguido en la silla, observándolo, intentando descubrir lo que pensaba en realidad. Desgraciadamente, Devan era igual de antiguo que él y no pudo penetrar en su mente.

Kristel los observaba en silencio, su intuición le decía que estaba pasando algo entre ellos, pero no tenía ni idea de qué podía ser; los miró alternativamente, como si estuvieran jugando un partido de tenis, olvidando el segundo plato que todavía no había terminado. Devan se inclinó hacia delante, antes de hablar en voz baja. La tensión emanaba por todos sus poros.

—En Dublín corre el rumor de que su muerte podría haber sido provocada por *La Hermandad*. —La intuición le dijo a Kirby que esa era otra de las razones por las que había acompañado a Kristel hasta Cork y también, que no le estaba diciendo toda la verdad.

—¿La fuente es fiable?

—Sí.

Kirby siempre era honesto consigo mismo y esa información le bastó para aceptar lo que le rondaba por la cabeza desde hacía un par de días; que, a pesar del informe policial, era más que posible que Amber Gallagher tuviera razón y que hubieran asesinado a su padre.

—Te confieso que he empezado a dudar de la versión oficial. Conozco a un inspector de confianza, aunque no lleva ese caso…, si realmente estás interesado, estoy seguro de que mañana podrás echar una ojeada al expediente. Y mientras, yo puedo acompañar a Kristel a Cobh.

Giró la cara hacia ella a tiempo de recibir a cambio de su promesa, una sonrisa deslumbrante.

CAPÍTULO 4

*E*ran las doce de la noche cuando Devan estuvo seguro de que Kristel se había dormido, y que podría bajar a reunirse con su anfitrión sin que ella lo escuchara. Evitó hacer ruido al bajar por los escalones de madera y, cuando estuvo en la planta baja, se coló sigilosamente en la habitación donde el juez lo esperaba. Cerró la puerta y pudo ver a Kirby con un aspecto mucho menos civilizado del que lucía habitualmente. Estaba sentado con las piernas abiertas, un vaso vacío entre las manos y el pelo revuelto, como si se hubiera pasado la mano por él varias veces. Su sillón estaba estratégicamente situado junto a una mesita, que soportaba un botellón de *whisky* y algunos vasos limpios.

—Sírvete, si te apetece. —Devan lo hizo, pero antes rellenó el vaso de su anfitrión, seguro de que ya había vaciado varios. Devan paladeó el licor, impresionado, era el mismo que había probado antes de cenar.

—Este *whisky* es de los mejores que he bebido.

—Es de la destilería de Gale. Seguro que vosotros también le compráis el *whisky*. —Devan sonrió de medio lado.

—Lo cierto es que sí, pero este es mejor. —Sonrió y se dejó caer en el sillón que había al otro lado de la mesita. Kirby hizo una mueca.

—Puede que esta botella formara parte de una partida que me envió para darme las gracias por algo —Devan asintió mirando el *whisky* al trasluz. Era perfecto.

—Conociendo lo tacaño que es Gale con sus barricas de más de doce años, me gustaría saber qué favor le hiciste para obtener semejante despliegue de generosidad.

—Nada que te interese. —Kirby dejó el vaso, de nuevo vacío, sobre la mesa, tan sereno como siempre—. Imagino que has bajado porque ya se ha dormido.

—Por supuesto.

—Entonces cuéntame qué ocurre.

—Cian me dijo que insistirías en saberlo. Los dos creemos que es mejor que ella no lo sepa, al menos de momento. No queremos que se preocupe sin motivo.

—Habla —ordenó, habituado a ser obedecido en el momento, pero Devan no se inmutó. Él estaba acostumbrado a Cian que era un vampiro mandón, malhablado y gritón. A su lado, Kirby era extremadamente educado.

—Hemos recibido un soplo que dice que el *Maestro* pretende acabar con las uniones entre vampiros y humanas. —En los ojos de Kirby apareció una llamarada roja que controló a tiempo.

—Continúa.

—Cian y Killian han aumentado la seguridad de sus casas y también hemos doblado la vigilancia en el club —suspiró y cuando siguió hablando, el tono de su voz era más ronco—. Y es posible que esa amenaza alcance a los hijos de esas uniones. Seguro que recuerdas que Kristel ya estuvo sentenciada por *La Hermandad* cuando murió su padre. —En la expresión del juez pudo vislumbrar, claramente, lo que sentía por Kristel. Y no tuvo dudas de que la protegería con su vida si era necesario.

—Esa es la verdadera razón por la que la has acompañado.

—Sí, pero te repito que ella no lo sabe. —Devan también se había quitado la careta y ahora mostraba su preocupación por ella—. En el poco tiempo que hace que la conozco, le he cogido un gran cariño y... —Kirby olvidó que unas horas antes había decidido que Devan no era una amenaza.

—¿Qué intenciones tienes hacia ella, Ravisham? —Las llamaradas rojas en los ojos color miel del juez no lo asustaban, al contrario, le hicieron sonreír y desear que Cian pudiera ver lo poco que se parecía, en ese momento, al juez severo y sin sentimientos que ellos conocían.

—Eso mismo iba a preguntarte yo. Kristel es una amiga, nada más. Y nada menos. —La última frase era una advertencia, pero Kirby hizo el mismo caso de ella que si un mosquito lo hubiera amenazado con picarlo—. No me quedaré de brazos cruzados si le hacen daño.

—Entonces nos llevaremos bien. En cuanto a las noticias que me traes, son preocupantes. Siento decir que discutí con Amber después de la muerte de su padre. Vino a verme convencida de que lo habían asesinado y no la creí. —Su cara de arrepentimiento se transformó en otra de sorpresa al ver a Devan levantarse del sillón, con los ojos fijos en él y tan pálido como si estuviera ante las puertas del infierno.

—¿Qué? —susurró. Pero Kirby no sabía qué le preguntaba —. Has dicho Amber... ¿te refieres a Amber Gallagher? ¿Está aquí?

—Sí, claro. No te entiendo... en la cena me has preguntado por la muerte de su padre.

—Sí, pero pensaba que ella seguía en América. ¿Cuándo ha vuelto? —Devan volvió a sentarse, alarmado. Empezaba a sentir cómo algo que estaba dormido en su interior desde hacía mucho tiempo, se despertaba.

—Hace varios meses. Su madre ha vuelto a casarse y Amber no quería vivir con ella y con su nueva pareja, y prefirió volver con su padre. Si la conoces, sabrás que sus padres se separaron hace muchos años. —Devan se pasó la mano por el rostro deseando que aquello solo fuera una pesadilla.

—Sí, ya lo sabía. —Kirby lo observaba con curiosidad, empezando a imaginar por donde iban los tiros—. ¿Su marido también ha venido con ella? —Kirby negó con la cabeza lentamente.

—No tengo demasiada relación con ella... tampoco la tenía con su padre, pero si hubiera habido un marido en su vida me habría enterado. Aunque puede que se casara y el marido muriera antes de venir o que se separaran. —Se encogió de hombros—. Eso no puedo decírtelo.

—¡Maldita sea! —se quejó Devan pinzándose el puente de la nariz con los ojos cerrados.

Kirby se levantó y se llevó los dos vasos vacíos para llenarlos, mientras le decía:

—Por mi experiencia, es mejor esperar a saber con seguridad algo antes de sufrir por ello. Aunque te reconozco que, en determinadas circunstancias, es algo difícil de cumplir.

—Y que lo digas —abrió los ojos de repente y aceptó su vaso, de nuevo lleno—, pero entonces... si está aquí... ¡Amber también puede estar en peligro!

—Tiene un equipo de seguridad impresionante, su padre tardó años en reunirlos. Son como un pequeño ejército. —Decidió darle toda la información, Devan merecía saberlo—. Hay algo más: Walker Nolan, el director del puerto de Cobh, también ha muerto hace unos días en un supuesto accidente doméstico. El puerto de Cobh se está convirtiendo rápidamente en uno de los más importantes de Irlanda; no creo que su muerte fuera un accidente. Para nada. —Devan entrecerró los ojos, mirándolo.

—¿Por qué no lo has dicho hasta ahora?

—Yo también prefiero no preocupar a Kristel hasta que no sea imprescindible —Devan asintió. Se entendían.

—¿Cómo murió, exactamente?

—Se cayó por las escaleras. Estaba solo, su mujer y sus hijos habían ido a un cumpleaños a casa de unos familiares.

—Lo vi una vez en una fiesta en el Enigma, en Dublín. Parecía agradable. —Arrugó la frente mientras recordaba—. Su mujer también era vampira, ¿no?

—Sí, eso mismo pensé yo. No existe razón, al menos aparente, para que los de *La Hermandad* se fijaran en él. Y tienes razón, era agradable. Me caía bien.

—Eso de las escaleras es raro.

—Desde luego. En el caso de Nolan, desde el primer momento pensé que había gato encerrado. —Se miraron en silencio sabiendo que habían llegado a la misma conclusión.

—¿Dónde está viviendo Amber? —Kirby no mostró ninguna reacción, aunque por dentro, sonreía. Intuía que a Devan se le acababa de complicar la vida, igual que a él desde que conoció a Kristel.

—Ahora ella dirige el Enigma. Dicen que su padre se enorgullecía al afirmar que cuando ella lo sustituyera, lo haría mucho mejor que él. —Devan levantó el vaso y se bebió el resto del licor, lo dejó sobre la mesa y salió de la habitación. Pero, antes de hacerlo, le dijo:

—Un paseo me despejará la cabeza. Gracias por todo, Kirby. —Y se volvió a mirarlo antes de añadir—: Cuida de ella, es una chica excelente. Mañana vendré a primera hora. Quiero ver a ese inspector. —Y desapareció.

El juez esperó a escuchar cerrarse la puerta de la calle para dirigirse a las escaleras que lo llevarían al piso de arriba.

Ahora solo estaban ellos dos porque los criados dormían en el piso de abajo, junto a la cocina.

Subió los escalones lentamente, mientras su corazón latía cada vez más deprisa. Su lengua rozó los colmillos que habían duplicado su tamaño habitual y un gruñido de anticipación rugió en su garganta. El deseo que sentía por ella, tanto tiempo escondido, se había intensificado por el influjo del *whisky*. Entonces, escuchó un grito proveniente del dormitorio de Kristel y dio un salto sobrehumano, cubriendo los escalones que le faltaban para llegar al piso de arriba. De su boca salió un bramido protector y desnudó sus colmillos, en un antiguo gesto amenazante heredado de sus ancestros. Decidido a todo, abrió la puerta y entró en el dormitorio.

CAPÍTULO 5

ristel se despertó, sofocada, de un sueño en el que retozaba en la cama con su anfitrión. Sedienta, no encontró ni una gota de agua en su habitación y decidió bajar a la cocina a por un vaso. Se bajó de la cama y caminaba hacia la silla donde estaba su bata, cuando tropezó con la pata de la cama, que era más grande de lo que recordaba, dándose un golpe enorme en el meñique del pie izquierdo. Con una maldición impropia de una bibliotecaria seria y formal, se cogió el pie izquierdo con la mano derecha intentando calmar el dolor, y comenzó a dar saltos apretándolo, mientras se acordaba del carpintero que había fabricado la cama, ese que había hecho las patas tan grandes y sólidas, y de todos sus antepasados. Seguía saltando sobre la pierna derecha cuando se abrió la puerta de repente y se pegó tal susto, que perdió el equilibrio y se cayó de culo. Solo se le ocurrió cerrar los ojos y rogar, en silencio, que no fuera él.

«Por favor, por favor, que no sea Kirby», pensó.

Por supuesto, era él.

Kirby la encontró sentada en el suelo a oscuras, con un

fino camisón celeste que se le había subido hasta las caderas y que le dejaba ver sus largas y pálidas piernas. Lo sorprendió fue ver que tenía los ojos cerrados. Sin perder un segundo se acercó a ella y se dejó caer de rodillas a su lado. Estiró la mano y acarició su mejilla, luego, le retiró el pelo de la cara.

—Kristel, ¿te encuentras bien? —La preocupación provocó que su voz sonara más áspera de lo habitual. Ella abrió los ojos e hizo un mohín, señalando el dedo dolorido.

—Me he dado un golpe en el meñique, seguro que se me pone morado. Tenía sed e iba a bajar a por un vaso de agua. —Una sonrisa tembló en la boca de Kirby, pero consiguió eliminarla de su rostro. Se acercó al pie indicado y lo cogió entre sus manos. Kristel sintió aletear algo en su estómago y se mordió el labio inferior.

—¿Te duele algo más?

—Solo el meñique. —Kirby lo movió y lo estiró despacio.

—No está roto. —Entonces, la sorprendió haciendo algo totalmente inesperado. Levantó el pie para poder alcanzar el dedo sin dejar de mirarla a los ojos, y lo besó. Kristel sintió que se quedaba sin aire en los pulmones. En los ojos de Kirby apareció una llama rojiza y brillante y, aunque era la primera vez que ella la veía, no se asustó. Sabía, por los libros, que uno de los motivos para que se viera el conocido fuego rojizo en los ojos de los vampiros, era el deseo sexual. Las mariposas que Kristel tenía en el estómago desde que él había entrado en su dormitorio, comenzaron a volar como locas.

—¿No hay que besar el lugar herido para que el dolor desaparezca? —Ella enrojeció como una adolescente. Su tono de voz, ronco y sugerente, la hizo sentirse valorada y deseada.

—Eso creo —admitió. Aunque si le hubiera dicho que el cielo era rosa y las nubes negras, también lo habría aceptado. Él se puso en cuclillas y después la cogió en brazos, haciendo un alarde de fuerza propio de su especie.

—Agárrate a mi cuello. —No era necesario, pero quería sentir sus brazos alrededor de él. Sonrió sin hacer nada para evitar que se vieran los picos de sus colmillos sobresaliendo bajo su labio superior. Cuando salieron al pasillo, donde había más luz, ella se quedó mirándolos fijamente. No preguntó dónde la llevaba, no le importaba en ese momento.

Kirby recorrió el largo pasillo hasta llegar a su habitación; abrió la puerta con un ligero empujón del hombro, y la llevó hasta un sofá de dos plazas que había junto a una terraza que él no solía utilizar. Dejó que el cuerpo de Kristel se deslizara por el suyo hasta que se quedó sentada, y cogió la jarra de agua que había sobre la cómoda, llenó un vaso y se lo dio. Ella se lo bebió de un trago. Estaba sedienta.

—¿Quieres más?

—No. —No podían dejar de mirarse.

Kirby se sentó a su lado, pegando su muslo al de ella y extendió su brazo por encima del respaldo del sofá, acariciando con sus dedos el hombro femenino. La mirada de ella cambió; de repente parecía asustada.

—Debería volver a mi habitación —murmuró. Se sentía como si estuviera dentro de un sueño en el que no tenía voluntad.

—¿Es eso lo que quieres? —su voz era tan atrayente que ella no pudo mentirle.

Kirby estaba eufórico, mientras recorría su cuerpo con la mirada. Ella no era consciente, pero su camisón era casi transparente y la visión de cualquier vampiro, en la semioscuridad en la que se encontraban, era perfecta. Se gastó una broma a sí mismo diciéndose que, si sus colmillos seguían creciendo, rayaría el suelo con ellos. Entonces, ella se quedó mirándolos fijamente, pareciendo cautivada por ellos y Kirby sonrió, para que los viera mejor. Ella volvió a ruborizarse y él hubiera dado cualquier cosa por poder llevarla a la cama en ese momento y hacerle el amor durante toda la noche hasta que los dos se durmieran agotados, pero debía tener paciencia. Tenía que ir poco a poco.

—¿Te gustan? —Se inclinó hasta conseguir que sus rostros estuvieran a pocos centímetros.

Kristel se lamió los labios, nerviosa y excitada. Alargó el índice para tocar el colmillo izquierdo, pero lo miró antes a los ojos por si no le gustaba. Kirby, halagado, ladeó un poco la cabeza para que el colmillo izquierdo rozara el índice femenino, y ella lo acarició suavemente de arriba abajo con el dedo.

—Nunca había tocado uno. —Le extrañó que su madre no le hubiera dejado rozar sus colmillos. Era algo que los padres enseñaban enseguida a sus hijos para que se acostumbraran a ellos, ya que era una parte muy importante del cuerpo de un vampiro—. ¿Nunca le pediste a tu madre que te los enseñara? —Ella negó con la cabeza y sus ojos se nublaron, recordando.

—Solo tenía ocho años cuando se marchó y nunca volví a verla. —Él se maldijo en silencio por haberle hecho recordar esa época.

—Perdona, no sabía que tú fueras tan pequeña cuando ocurrió. Lo siento. Tuviste que pasarlo muy mal —su voz fue aún más suave al preguntar—: Entonces, ¿no conoces a tus hermanos?

—Hermanastros —rectificó ella con un susurro—. No, nunca los he visto.

—Entiendo. —La miró fijamente esperando que dijera algo más, pero ella se mantuvo callada.

—¿Tus padres aún viven?

—¡Dios, sí! —Sonrió—. Espero poder presentártelos pronto. Ahora están en la casa familiar que tenemos en Escocia. —Cogió un mechón de pelo de Kristel y lo acarició despacio, absorto en su suavidad, sin dejar de hablar—. Su historia es muy peculiar. Cuando se conocieron, mi padre era carnicero y mi madre la hija de un rico fabricante de jabones.

Un día ella estaba en la cocina de la casa para hablar con la cocinera, cuando él llamó a la puerta y le abrió una doncella. Iba a llevar un pedido de carne. —Se encogió de hombros, divertido—. El resto es historia. Tuvieron que huir porque mis abuelos maternos no aprobaron la unión.

—¿De verdad? —Se sentía orgullosa de que le hubiese contado algo tan personal—. Y ¿cómo consiguieron que aceptaran a tu padre? —Él negó con la cabeza.

—No lo hicieron. Desgraciadamente, nunca conocí a ninguno de mis abuelos. A los de mi padre porque murieron muy jóvenes y a los de mi madre porque ellos no quisieron.

—¡Eso es horrible! —Él se encogió de hombros.

—Pues yo no cambiaría a mis padres ni mi infancia por nada del mundo. —Entonces, la curva de su sonrisa se transformó en una mueca amarga—. Excepto algo terrible que ocurrió cuando era muy joven, y que te contaré más adelante. —Respiró hondo y, haciendo un esfuerzo, alejó aquel recuerdo. Kristel lo observaba, curiosa, y él no pudo resistirse más. Levantó una mano para contornear su mandíbula.

—Kristel, siento tu tristeza y me duele.

Ella se echó un poco hacia atrás, lo suficiente para alejarse de sus caricias.

—Nunca he entendido esa necesidad de entrar en la mente de los demás.

—Te he ofendido, que es lo último que quería hacer. —Bajó la mano, apesadumbrado—. Mi única intención era que supieras que estoy aquí para lo que necesites. Si me dejas, siempre estaré a tu lado —murmuró, acercando sus labios a los de ella.

Antes de que ella pudiera asimilar el significado de sus palabras, apretó sus labios con los de ella, levantándola sin esfuerzo para acomodarla sobre su regazo. Cuando la tuvo encima de él, la besó con ansia. Necesitaba saborearla, perderse en ella. Su boca era suave y dulce; cálida, como si estuviera besando un rayo de sol. Olía a lluvia, a bosque y a mujer. Y esa combinación lo volvía loco. Al contrario de lo que esperaba, ella empezó a devolverle los besos.

Pero él quería hacer bien las cosas y se apartó para poder ver su cara, antes de preguntar:

—¿Quieres que te lleve a tu habitación? —Haría lo que ella quisiera. Sabía que era reacia a una relación entre ellos, por eso se quedó sorprendido cuando escondió la cara en su cuello, abrazándolo por la nuca. Kirby se reclinó en el sofá, intuyendo que necesitaba estar en silencio, rodeando su cintura con una mano y acariciando su espalda lentamente con la otra. Cuando sintió que se estaba quedando fría, cogió una manta y la arropó, remetiéndola por debajo de sus pies.

Ella se resistía a dormirse, disfrutando de los mimos que él le prodigaba, y Kirby pensaba que sería feliz teniéndola en brazos toda la noche. Kristel tenía la cara apoyada en el pecho del vampiro, y acababa de descubrir que nada le relajaba tanto como escuchar los rítmicos latidos de su corazón. De repente, susurró:

—Mi madre no... nos quería, ¿sabes? Me refiero a mi padre y a mí. —A pesar de la dureza de la confesión, estaba muy tranquila.

—¿Por qué crees eso, cariño? —Su dulzura la estremeció.

—Los oía discutir cuando era pequeña. Ella no soportaba que mi padre fuera humano y yo mestiza.

—No digas esa palabra —la regañó, amable. Por lo que dijo a continuación, estuvo segura de que había vuelto a leerle el pensamiento—. Seguro que en el colegio te lo hicieron pasar mal, ¿eh? —ella asintió—. ¿Tu padre volvió a saber algo de ella?

—No lo sé, a mí solo me avisó de que había tenido dos hijos con su nuevo marido.

—Ya. Seguro que sabes que viven en Cork. —Ella se tensó

y él decidió contarle la verdad—. Tus hermanastros se han metido en algunos líos, y sus padres han tenido que venir a los juzgados a por ellos en un par de ocasiones. —Levantó la cara de su pecho para mirarlo, sorprendida.

—¿Qué habían hecho?

—Nada importante, de momento. Sobre todo, juntarse con gente que no debían. —No quería decirle la verdad, al menos no todavía—. Debería llevarte a tu dormitorio, Kristel. —La observó, recostada en su pecho, deseando poder seguir así toda la noche, cuidando de ella, pero no sería capaz de aguantarlo. Atraído por su fragancia, hociqueó en su cuello y la boca se le hizo agua al inhalar su vena. El olor de su sangre le hizo cerrar los ojos y erguirse de nuevo, obligándose a alejarse. Era demasiado pronto para algo así, pero Kristel había notado lo que ocurría.

—Tienes sed de sangre, ¿verdad? —Estaba acostumbrada a leer sobre ello en los tomos antiguos, y sabía que el vampiro que se privaba durante varios días de beber sangre, pasaba un tormento. Intelectualmente lo entendía, aunque ella no sufriría esa sed tan particular porque sus colmillos no podían crecer. Eso solo ocurría siendo un vampiro puro o cuando un vampiro transformaba a un humano mediante el ritual de transformación. Todo estaba explicado en los pergaminos antiguos.

Kirby no contestó y tampoco la miró, intentando serenarse, pero ella tenía razón. Si no bebía pronto, su sed de sangre se haría incontrolable y su parte animal dominaría su mente. Y eso es algo que jamás consentiría.

—Puedes beber de mí, si lo deseas. —Su ardiente mirada se posó sobre ella con incredulidad. Seguía sentada sobre su regazo, pero ya no estaba recostada en su pecho; su frente estaba arrugada y parecía habérsele pasado el sueño—. Siempre he sabido que, si alguien conocido lo necesitara, ofrecería mi sangre para alimentarlo. Beber sangre es vital para ti y no me importa proveerte de ella.

—Es solo que... hace bastante que bebí de alguien por última vez —carraspeó, dándose cuenta de lo que había estado a punto de decir; pero ella sabía que todos los vampiros que no tenían pareja, solían disponer de varios proveedores o proveedoras de sangre a los que les pagaban una buena cantidad de dinero por su suministro— y he dormido muy poco últimamente, y ya sabes que es una mala combinación.

—Sí. —Por primera vez fue ella la que tomó la iniciativa, acunando el rostro del vampiro entre sus manos y utilizando una fórmula antigua de consentimiento—. Te ofrezco mi vena voluntariamente, para que tomes lo que necesites.

Kirby cerró los ojos, incapaz de negarse. Además de tener los colmillos totalmente desarrollados, su miembro estaba a punto de reventar. Cuando volvió a mirarla, ella vio que sus ojos se habían vuelto casi totalmente rojos y sonrió, sabiendo que lo haría. Pero él se merecía que fuera sincera.

—Y siempre he deseado que un vampiro, tan fascinante como tú, me mordiera. —Kirby salivaba pensando en su piel blanca y tensó el brazo alrededor de su cintura.

—Entonces, esta noche haremos realidad los sueños de los dos —su voz ronca y sensual hizo que el vientre de Kristel comenzara a arder.

—¿Qué tengo que hacer?

—Nada, solo sentir. Haré que sea bueno para ti. Te lo prometo.

—No lo dudo.

—Vamos. —Volvió a cogerla en brazos y la llevó a la cama. Ella se abrazó a su cuello preguntándose cómo era posible que se sintiera emocionada, deseada y asustada a la vez.

La dejó de pie junto a la cama y abrió las sábanas para que

se metiera dentro, luego, se desabrochó la camisa y se la sacó de los pantalones sin que los dos dejaran de mirarse, pero no se la quitó. En el último momento decidió que sería mejor para mantener el control que le quedaba, estar vestido; se quitó los zapatos y se tumbó sobre el costado para poder verla. Paseó las yemas de sus dedos por el borde del escote de su camisón, empujándolo despacio hacia abajo para que asomara uno de sus pechos, y Kristel comenzó a respirar agitadamente. Posó los labios sobre el pecho descubierto, bajo el que latía frenéticamente su corazón y lo besó; ascendió, rozando con la boca su piel, fascinado por su suavidad hasta llegar a su cuello, donde escondió el rostro.

—Sería el vampiro más feliz del mundo si pudiera olerte todas las noches. —Inspiró hondo y lamió lánguidamente su vena.

Kristel no contestó, por miedo a decir algo que lo hiciera desistir de su propósito, pero gimió muy bajito; él chupó el lóbulo de su oreja, apresándolo entre los dientes suavemente al principio y siendo más duro después. La mano de Kristel, tirando de su brazo, hizo que se apartara de ella. La observó con el rostro ladeado, esperando que le dijera si había cambiado de opinión, pero el rubor de su rostro y lo agitada que era su respiración, le dijo que Kristel sería tan ardiente en la cama como él había soñado. Puso la palma de la mano extendida sobre su vientre y la movió en círculos.

—Tranquila, pequeña. Me ocuparé de ti. —Se inclinó y la besó, pidiendo paso con su lengua hasta que ella la admitió dentro de su boca. Le hizo el amor con ella incansablemente, hasta que Kristel volvió a abrazarlo por el cuello y hundió los dedos entre su pelo dorado, acariciándolo y consiguiendo que el que gimiera, ahora, fuera él.

Se apartó de ella repentinamente, buscando mantener el control. De ninguna manera iba a llegar hasta el final esa noche. Quería que ella supiera dónde se metía y no que se viera forzada a hacerlo, empujada por la pasión. Subiéndole el camisón, descubrió sus largas piernas y las acarició con suavidad. Luego, su mano siguió la ruta hacia su intimidad y se coló bajo sus bragas, sin dejar de mirarla a los ojos. Cuando la penetró con un dedo, ella agrandó los ojos y abrió la boca, pero pareció incapaz de decir nada. Y él comenzó a mover el dedo imitando el acto sexual, atento a su reacción.

—¿Sabes que el mayor placer que puede sentir una mujer, es penetrarla mientras se está bebiendo de ella? —Kristel negó con la cabeza lentamente, pero él tocó un punto dentro de ella que hizo que su cuerpo se tensionara y que los dedos de los pies se le encogieran de gusto.

—No —ella misma se sorprendió al escuchar la voz ronca y sensual que había salido de su boca. Y el corazón de Kirby daba saltos de alegría al saber que sería el primero que la haría sentir «ese» placer.

—Cuando estés a punto, te morderé y beberé tu sangre mientras te corres. Eso hará que tu orgasmo se multiplique y que creas que estás volando.

—No sé… qué decir… —El deseo hacía que moviera su cuerpo, inquieta, como si no pudiera esperar más. Empezó a temblar y, sin que su mano dejara de darle placer, Kirby buscó de nuevo la vena en su cuello y después de un rápido lametón, la mordió.

Kristel gritó cuando un relámpago de dolor le atravesó el cuello y, enseguida, un calor empezó a extenderse por todo su cuerpo anticipándole que algo estaba a punto de ocurrir. Sus músculos se tensaron, estirándose al máximo mientras que un intenso placer la desbordaba. Su corazón se aceleró hasta lo imposible, sus ojos se cerraron, y su boca se abrió intentando lanzar un grito que no tuvo fuerzas para emitir. Todo su ser se concentró en sentir el placer y, cuando volvió a ser consciente de lo que la rodeaba, sintió otro goce distinto, el que provenía de alimentar a Kirby, de saber que parte de ella siempre permanecería en él. Movió la mano que seguía sobre su nuca, acariciándola, y notó que él lamía su piel de nuevo para que las marcas de los colmillos desaparecieran lo antes posible. Luego, levantó la cabeza y la miró. En la semi penumbra de la habitación pudo ver que tenía los ojos somnolientos, como si hubiera comido abundantemente y necesitara dormir y que el rubor se había apoderado de sus mejillas. Volvió a besarla transmitiéndole el sabor de su propia sangre y, a pesar de que había pensado que le daría asco, no fue así. Luego, él se levantó y se desnudó. Vio que su miembro estaba rígido y se sintió culpable de que ella hubiera disfrutado y él no. Alargó el brazo hacia él queriendo compensarlo. No sabía lo que tenía que hacer exactamente, pero estaba deseando aprender.

—Déjame que... —Él se tumbó a su lado y cogió su mano para besarla con reverencia, luego la abrazó, mirándola con ojos ardientes.

—No. Me has dado más de lo que esperaba. Ya has sido muy generosa conmigo. Duérmete, pequeña.

Como si hubiera pulsado un interruptor dentro de ella, Kristel cerró los ojos y se durmió con una sonrisa en los labios.

En cuanto lo hizo, Kirby respiró profundamente varias veces, conteniendo el dolor que sentía por reprimir su pasión teniéndola tan cerca. Con ternura, le apartó el pelo de la cara echándoselo hacia atrás. Luego, besó su frente y, apoyando la mejilla en su cabeza, se durmió.

~

CUANDO ALFRED ESCUCHÓ que el juez subía las escaleras, se levantó de la cama y se puso una bata que se había comprado recientemente, por si alguien lo pillaba fuera de la cama a horas intempestivas. Antes de salir de su dormitorio, miró a izquierda y derecha para estar seguro de que no había moros en la costa y entonces corrió, descalzo para no hacer ruido, por el pasillo hasta la habitación de Annie, que era la que estaba más cerca de la cocina. La suya era la más próxima a la entrada, según dictaban las normas. Abrió la puerta sin llamar, sabiendo que lo esperaba y así era; al escuchar el ruido de la puerta, ella levantó la vista del libro y sonrió. Cerró cuidadosamente la novela y la dejó sobre el taburete que utilizaba como mesilla.

—¿Te está gustando *Jane Eyre*? —ella asintió, observando cómo Alfred se metía en la cama, a su lado. Se dejó abrazar con una sonrisa placentera, hasta que uno de sus pies le rozó una pierna y pegó un salto.

—¡Alfred, tienes los pies helados! —Él reía, divertido.

—Eres demasiado friolera.

—Precisamente por eso no tiene gracia que andes descalzo por el pasillo y vengas con esos bloques de hielo a la cama. —Cuando se ponía gruñona era irresistible y la besó. Ella intentó seguir discutiendo durante unos segundos, pero enseguida, le correspondió. Estuvieron un rato haciéndose arrumacos, hasta que se quedaron abrazados, mirándose—. Alguna noche tienes que quedarte en tu habitación. No quiero pensar en lo que ocurriría si el juez se enterara de que dormimos juntos. —Él la besó en la nariz con cara de estar perdidamente enamorado.

—Ya te he dicho que lo sabe. Y no le molesta.

—A pesar de eso, estamos jugando con fuego. —Annie tenía miedo de no encontrar otro trabajo como cocinera si la echaban de aquella casa—. Al fin y al cabo, nunca hacemos nada malo cuando estamos aquí —se ruborizó, como le pasaba siempre que hablaba acerca de eso, a pesar de que le encantaban las horas que pasaba con Alfred en la cama—, solo en nuestro día libre. —Salían separados y se reunían en un discreto hostal de las afueras, donde ya los conocían y donde habían pasado momentos maravillosos. Allí comían y se quedaban casi todo el día; por la noche volvían cada uno en un coche y de nuevo comenzaban la rutina de la semana. Miró con la frente arrugada a Alfred porque ya lo habían discutido muchas veces, pero él no le hacía ni caso—. Eres muy testarudo. —Pareció dolido por sus palabras y Annie, con el corazón en vilo, pensó que esta vez sí que la había fastidiado, pero no era así.

—Amor mío, no soy tan tozudo como crees… es que ya no puedo dormir si no te tengo a mi lado. —Los ojos de Annie se humedecieron y lo abrazó con fervor, suplicando:

—Perdóname, por favor. Soy una bocazas. No sé cómo me aguantas.

—Porque te quiero más que a nada en el mundo.

—Y yo a ti, ya lo sabes, pero tengo muy mal genio.

—No me importa, no conseguirás alejarme de tu lado. —Acarició su mejilla mirándola con tanta ternura que ella sintió que no lo merecía—. Esperaré todo el tiempo que haga falta hasta que aceptes casarte conmigo.

—Todavía no puedo decirte que sí. Perdóname, Alfred.

—No tengo nada que perdonar, cariño. Ya te he dicho que esperaré, pero recuerda que te llevo diez años. No querrás casarte con un abuelo —bromeó, provocando una risita femenina. Levantó la cabeza y sopló la vela que los alumbraba. La habitación se quedó a oscuras y Alfred suspiró feliz, sintiendo la mejilla de su Annie reposando en el pecho.

Era una Annie muy diferente la que había llamado a la casa del juez, cinco años atrás, para pedir algo de comer una noche particularmente fría. La antigua cocinera quiso cerrarle la puerta en las narices, pero Alfred la vio y le dijo que pasara, le dieron de cenar y, después de pedir permiso al juez, la dejaron que durmiera en un jergón que colocaron junto a la cocina. Al día siguiente, Kirby quiso hablar con ella y cuando lo hizo, dio instrucciones a Alfred de que una de las doncellas la ayudara a tomar un baño, y de que le buscaran ropas para ponerse, porque empezaría a trabajar en la casa.

Empezó como pinche de la cocinera porque los demás puestos estaban ocupados. Al principio, todos los sirvientes tuvieron problemas con ella porque no estaba acostumbrada a relacionarse con nadie. Alfred no había conseguido que le contara su historia completa, pero debió haberle pasado algo horrible porque no soportaba que la tocaran; además, tenía mucho miedo a los hombres. El día que accedió a hablar con el juez a solas lo hizo porque sabía que, si no lo hacía, tendría que volver a la calle.

Poco a poco, aprendió a hacer todas las tareas que se le encargaban. Era callada y muy trabajadora y Alfred se fue enamorando de ella sin darse cuenta, a pesar de la diferencia de edad. Un día que la encontró en la biblioteca admirando los cientos de libros como si fueran tesoros, le preguntó:

—¿Quieres coger alguno para leer? Estoy seguro de que al señor no le importará. Es de la opinión de que todos tenemos derecho a aprender. —Involuntariamente recitó lo que tantas veces le había oído decir a Kirby, pero ella negó con la cabeza y Alfred se sorprendió por su expresión. Parecía a punto de llorar. Se acercó a ella necesitando consolarla.

—¿Qué te pasa? —Le acarició una mejilla con los nudillos y luego con la yema de los dedos. Quería comprobar si su piel era tan suave como parecía.

—No sé leer. —Él apretó los labios en una fina línea, irritado consigo mismo por su torpeza. Ahora entendía mejor la mirada de anhelo que había visto en ella, al observar las estanterías repletas de la biblioteca.

—¿Te gustaría aprender? —Cuando lo miró, llena de ilusión, supo que estaba perdido.

La enseñó a leer después de pedir permiso al juez para usar sus libros. Como imaginaba, Kirby accedió y le recomendó que utilizaran la biblioteca para las clases. Semanas después de empezar, ella lo sorprendió besándolo en la mejilla como muestra de agradecimiento antes de marcharse, y sus besos se convirtieron en una costumbre. Una noche giró la cara hacia ella justo cuando iba a besarlo, para que sus labios se encontraran y ella no se apartó. Él la abrazó profundizando en el beso y, desde entonces, todo cambió para los dos.

Parecían estar hechos el uno para el otro. El único motivo por el que siempre discutían era porque ella se negaba a casarse, aunque nunca le decía por qué. Alfred estaba seguro de que ella tenía miedo de que no la quisiera de verdad, o de que cambiara de opinión y su falta de confianza le dolía, pero la quería demasiado y seguía insistiendo. Tal y como le había dicho varias veces, esperaría todo el tiempo que fuera necesario.

CAPÍTULO 6

*D*evan decidió ir andando hasta el Enigma de Cork para que le diera tiempo a despejarse por el camino. Cuando llegó frente al edificio, buscó con la mirada su habitación y vio que tenía la luz encendida, como si estuviera esperándolo. La cortina se apartó y la vio; estaba mirándolo directamente. Era algo que siempre los había sorprendido, cómo los dos eran capaces de percibir cuándo el otro estaba cerca y, al parecer, esa sensación no había cambiado. Sintiendo que su corazón volvía a latir, de verdad, por primera vez en mucho tiempo, cruzó la calle y se detuvo obedeciendo al gesto del portero, al que no conocía. Antes de que pudiera decirle nada, escuchó la voz de ella detrás de la enorme figura del empleado.

—Déjalo pasar, Bobby.

—Sí, señorita Gallagher. —El hombre se apartó con una sonrisa de disculpa dejando ver a su jefa, y Devan pudo recrearse en ella después de tanto tiempo.

Era deprimente que estuviera más hermosa de lo que recordaba.

—Hola, Devan. Pasa. —Obedeció y la siguió por el pasillo hasta el despacho de su padre, aunque ahora debía ser el suyo —. Siéntate. —Le ofreció la silla de los visitantes, mientras que ella se sentaba enfrente, detrás del enorme y masculino escritorio de nogal que resaltaba su belleza.

Su pelo negro brillaba con reflejos azulados y sus ojos oscuros lo miraban fijamente, aunque notaba su nerviosismo.

—Estás muy callado. —Se dio cuenta de que ni siquiera la había saludado.

—Perdona. Hola, Amber. —Al escuchar su voz, se ruborizó, pero no apartó la mirada—. ¿Cómo estás?

—¿Qué haces aquí? —aunque no había levantado el tono de voz, su voz estaba llena de rabia contra él.

—Siento lo de tu padre.

—Gracias. —Cogió un abrecartas y comenzó a jugar con él—. ¿A qué has venido, Devan?

—Hace un rato que me han dado dos sorprendentes noticias: que pisamos el mismo continente y que no te has casado. —Se encogió de hombros—. Y tengo curiosidad de saber por qué. —No pudo evitar la ironía de su voz, pero eso era mejor a que ella supiera el dolor y la furia que todavía sentía. Estaba enfadado consigo mismo porque al verla su traicionero corazón había vuelto a la vida. Y, además, ella no parecía avergonzada, al contrario.

—Yo también me he enterado de que sigues soltero. —Él arrugó la frente, desconcertado.

—Sí, pero no sé qué tiene que ver eso… —Amber lo interrumpió, levantándose.

—No quiero continuar con esta conversación. —Las lágrimas retenidas a fuerza de voluntad que titilaban en sus ojos, le recordaron cómo debía sentirse en realidad, y hubiera querido darse de cabezazos contra la pared por haber sido tan egoísta.

—Amber, perdóname. —Se sentía como un cerdo. Sabía que adoraba a su padre y que se quedaba sola en el mundo, porque su madre nunca se había ocupado de ella—. Siento mucho lo de Malcolm. —Se acercó a ella, que se había detenido camino del pasillo para acompañarlo hasta la salida y le puso una mano sobre el hombro. Temblaba. La abrazó por detrás con el único propósito de consolarla, aunque sabía que estaba siendo aún más estúpido de lo habitual con ella, pero Amber lo superaba. A pesar de todo lo que le había hecho, no podía verla sufrir. Ella se removió, inquieta, entre sus brazos y la dejó libre pensando que lo rechazaba, pero, solo quería darse la vuelta para abrazarlo. Se pegó a su cuerpo llorando como una niña.

—Shhh, tranquila, cariño —la calmó acariciando su espalda en círculos, mientras ella le empapaba la camisa. Estuvieron así unos minutos hasta que ella se calmó un poco y se apartó de él limpiándose las lágrimas.

—Lo siento. —Su cara enrojecida y su voz ronca terminaron de ablandarlo—. No quería echarme en tus brazos de esta forma. —Buscaba algo infructuosamente en los bolsillos de su falda negra. Ni siquiera se había fijado en que iba de luto.

—¿Te dejo el mío? —Alargó su pañuelo y ella lo cogió con un murmullo de agradecimiento.

—Gracias. —Se limpió delicadamente y dijo—: Te lo devolveré cuando esté limpio.

—No es necesario. ¿Podemos sentarnos un momento? —Lo hicieron en silencio y ella respiró profundamente antes de hablar.

—De verdad que te agradezco que hayas venido y que me hayas… consolado, pero no creo que debas estar aquí.

—¿Por qué no? —El gesto de ella se hizo más duro, como si lo odiara, algo que le parecía inexplicable.

—Vuelve con Susan, seguro que está esperándote.

—¿Qué locura es esta? Susan murió hace tres años. —Amber pensó en la cantidad de energía que había desperdiciado esos tres años, deseándoles que fueran tan desgraciados como la habían hecho a ella.

—Lo siento. No lo sabía.

—Yo también lo siento, aunque cuando murió hacía tiempo que no la veía. —Apartó la mirada—. La última vez que estuvimos juntos, tuvimos una pelea que nos distanció. Pocos meses después, murió. —Los insultos que Susan había vertido en aquella ocasión sobre Amber, hicieron que Devan le pidiera que se marchara de su casa—. Pero me gustaría que me explicaras lo que has querido dar a entender cuando has dicho que volviera con ella.

Ella lo pensó durante unos segundos y tomó una decisión.

—Sé que, por bien del negocio —levantó la mano señalando a su alrededor—, debo relacionarme con Cian y contigo, pero si quieres que nuestra relación sea cordial. —Su padre no trataba con Devan, por todo lo ocurrido en el pasado—. Solo hablaremos de temas profesionales. —Él arrugó la frente contrariado, pero vio que estaba decidida y accedió. Alargó la mano para sellar el trato.

—De acuerdo. —Cuando ella se la estrechó, los dos sintieron lo mismo, un estremecimiento que les recordó cómo eran juntos. Ella lo miró con pena por lo que ya no podría ser, pero en la mirada de Devan había audacia y determinación.

∾

Cuando Kristel se despertó esa mañana, estaba en su cama. No se explicaba cómo se las había arreglado Kirby para llevarla hasta allí sin despertarla, pero lo había hecho. Además, había dormido de un tirón y sin pesadillas, lo que era doblemente extraño. Convivía con los malos sueños desde que era una niña. Se levantó muy ilusionada porque ese día podría estudiar por fin los «nuevos» pergaminos y, también, aunque esto no lo reconocería nunca en voz alta ni aunque la torturaran, porque pasaría todo el día con Kirby.

No tenía esperanzas de que su historia durara demasiado, pero mientras tanto, aprovecharía todo el tiempo que tuvieran. La noche anterior él le había descubierto un placer que no sabía que existía; por supuesto, había leído acerca del famoso orgasmo, pero no se imaginaba que sería algo así. Fue algo tan sorprendente y maravilloso, que estaba decidida a tener una relación sexual completa con él antes de regresar a Dublín. Después volvería a su vida organizada y predecible de bibliotecaria, y todo lo ocurrido en este viaje formaría parte de sus recuerdos.

Sentía que Kirby estaba haciendo un gran esfuerzo para mostrarse como era de verdad ante ella, sin la coraza con la que se protegía del mundo, y ella valoraba su confianza más que nada. Aunque nadie se lo había dicho, estaba segura de que estaba allí gracias a él, y siempre le agradecería la oportunidad que le había dado de examinar un hallazgo tan importante.

Se había vestido con un conjunto de chaqueta y falda granate que le resultaba cómodo y calentito, porque sabía que en Cobh, donde estaban los documentos que iba a ver, hacía más frío que en Cork. Al parecer era debido al viento. Llevaba lloviendo toda la mañana y Kirby le había dicho que tardarían una hora en llegar, aproximadamente.

Él iba muy elegante, vestido con pantalón y chaqueta larga, ambos de color gris oscuro que hacían resaltar su figura. Siempre le había parecido que tenía un cuerpo delgado y elegante, pero desde la noche anterior sabía que era mucho más fuerte de lo que parecía, ya que la había levantado en brazos varias veces como si Kristel no pesara nada. Devan, al que iban a dejar en la comisaría, estaba sentado frente a ellos y charlaba con Kirby sobre algunos asuntos legales que ella no se molestó en escuchar, dejando vagar a su mente caprichosamente de un tema a otro. Devan llevaba un traje de color azul, con el que estaba muy guapo, claro que siempre lo estaba. Con el pelo rubio, los ojos azules y un carácter encantador, era uno de los vampiros más atractivos que había conocido. Súbitamente, se dio cuenta de lo superficial que se estaba volviendo, al pensar en los dos de esa manera y ocultó su sonrisa mirando por la ventana.

—¿Kristel? —la voz de Devan la despertó de su ensoñación. Lo miró—. Si no te importa, no iré a Cobh a reunirme con vosotros cuando termine en la comisaría. Hay un asunto del que debo ocuparme. —Parecía preocupado. Lo miró a los ojos esperando una explicación, sin querer interrogarlo directamente, pero él desvió la mirada. Inquieta, miró a Kirby que le hizo un gesto con la cabeza, que ella entendió como que se lo explicaría más tarde.

—No te preocupes... Si esos documentos son lo que creo, tendré que quedarme varias horas, y es posible que tenga que volver mañana. No te preocupes, haz lo que tengas que hacer. —Entonces, miró a Kirby—. Puedo volver en un carruaje de alquiler. Estoy segura de que estás muy ocupado y no quiero que descuides tus obligaciones por mí. —Se sintió obligada a hacer la oferta, aunque lo que realmente quería era estar con él a solas, pero, contrariamente a lo que esperaba, al juez le molestaron sus palabras.

—Te esperaré hasta que termines y volveremos juntos. Ya he mandado un aviso al juzgado de que hoy no voy a ir —contestó con voz seria.

Minutos después, el carruaje se detuvo ante la comisaría y Devan bajó, pero antes de que lo hiciera Kirby, el juez se volvió hacia ella y le robó un beso rápido, sorprendiéndola.

—No te vas a librar de mí tan fácilmente —bromeó, solo a medias.

Kristel sintió que se deshacía un nudo en su interior y sonrió con las mejillas ruborizadas. Poniendo las palmas de las manos en su pecho, lo empujó suavemente, aunque no consiguió que se moviera ni un centímetro.

—Bájate ya, Devan se estará preguntando qué estamos haciendo. —Kirby arqueó una ceja, irónico.

—Devan no es tonto y sabe qué es lo que estamos haciendo, preciosa. Volveré enseguida. —Con esa promesa y una última mirada lujuriosa, desapareció, cerrando la puerta tras él.

La mirada de Kristel se quedó fija en la puerta del coche y se puso una mano sobre el corazón en un vano intento de ralentizarlo.

Kirby se movía en la comisaría con la misma soltura que en su casa, lo que provocó que Devan aumentara su respeto por él, porque demostraba que era una presencia habitual entre los policías seguramente para pedir información sobre los casos en los que trabajaba. Desgraciadamente, así no solían actuar la mayoría de los jueces, conformándose con el informe que el comisario de turno le llevaba al juzgado. Kirby actuaba igual que Killian, lo sabía porque lo había comprobado cooperando con él y con Fenton en alguna ocasión. Puede que fuera precisamente por eso por lo que los dos magistrados, a pesar de ser tan distintos, se llevaban tan bien.

Pasaron por delante de tres agentes que estaban discutiendo con varios hombres sobre algo ocurrido en el mercado, y Kirby siguió su camino recibiendo un saludo respetuoso de todos los policías. Giraron por el pasillo de la derecha, siguiéndolo hasta el final, donde encontraron una puerta con un cartel dorado que decía: «Marcus Craven, inspector». Kirby llamó antes de entrar, pero no esperó a que lo autorizaran a pasar para hacerlo. Conociéndolo, eso indicaba que tenía mucha confianza con el inspector.

Marcus levantó la cara, claramente molesto por la inter-
rupción y dispuesto a acribillar al que se hubiera atrevido a
entrar sin su permiso. Pero, cuando vio a Kirby, su ceño
desapareció y se levantó a recibirlo con una sonrisa; un gesto
que, vista la severidad de sus rasgos, no parecía habitual en
su rostro.

Era humano, el humano más grande que Devan había
visto. Medía al menos dos metros, su pelo era castaño, sus
ojos negros y parecía fuerte como un toro.

—¡Vaya sorpresa! —Kirby y él se estrecharon la mano con
afecto—. A ver si tienes algo de tiempo para que nos
midamos en la pista, ¡últimamente no se puede contar
contigo!

—He tenido mucho trabajo, pero intentaré complacerte
lo antes posible. —Kirby se hizo a un lado para que viera a
Devan—. Marcus, este es Devan, un amigo. Es el subdirector
del Enigma en Dublín. —El saludo entre el comisario y
Devan fue mucho más frío, pero era algo con lo que Kirby ya
contaba. Marcus no era un hombre fácil de tratar, pero
cuando te consideraba su amigo, era de lo más leales que
había conocido.

—He oído hablar de ti, creo que también practicas
esgrima. —Devan miró a Kirby.

—¿Se lo has dicho tú? —el juez asintió, divertido.

—Sí, no te sorprendas tanto, Devan. Marcus y yo
hablamos a veces, mientras entrenamos —chasqueó la lengua
—, aunque no sé cómo todavía tiene ganas de pelear contra
mí, porque no hace más que perder. —La risa desvergonzada
del policía pilló desprevenido a Devan, pero no al juez que
sonrió con ganas al escucharla.

—¡No le creas ni una palabra! Hace meses que no
consigue ganarme. —Kirby se volvió hacia Devan y se inclinó
hacia él como si le estuviera haciendo una confidencia,
aunque el policía podía oír todo lo que decía:

—Cree que le he enseñado todo lo que sé, pero está equivocado. He dejado que se confíe durante una temporada y el próximo día le pegaré la paliza que se merece. —Volvió a mirar a Marcus—. Vete preparando para morder el polvo —avisó. Sacó el reloj que llevaba en el bolsillo del chaleco y lo miró—. Se está haciendo tarde y todavía tenemos que ir a Cobh. —Miró a Marcus y aclaró—: Hay una dama esperándome en el coche. Hasta luego, caballeros. —Palmeó la espalda de Devan, antes de decir—: Aquí te lo dejo. A ver cómo te portas, Marcus.

—No te preocupes, lo trataré como a ti —contestó el aludido, y su amigo le respondió cuando estaba a punto de salir del despacho.

—Por favor, Marcus. Dale una oportunidad. —Escuchar sus carcajadas mientras caminaba por el pasillo hacia la salida, le hicieron sonreír hasta que llegó al carruaje.

—¡Has tardado muy poco!

—Esa era mi intención. —Se sentó a su lado y ella se pegó más a la ventanilla para dejarle sitio. Kirby dio un golpe en el techo para que el conductor se pusiera en marcha.

—¿Ha ido todo bien?

—Sí, el inspector es un buen amigo. Le dará toda la información que necesite. —Se quitó los guantes mientras hablaba.

—Es curioso que Devan esté tan interesado en ese asesinato, ¿no? —Kristel parecía hablar consigo misma—. No me dijo nada en el tren, ni antes, en Dublín. —Kirby aguantó durante unos pocos segundos su mirada inquisitiva, pero no podía ocultarle nada.

—Es algo personal. Por lo que me ha dicho, conoce a la hija de Malcolm Gallagher.

—Entiendo. Desde que estoy trabajando en el club, nunca lo había visto tan afectado por algo. No suele ponerse así de serio por nada. —Pero Kirby no tenía ningún interés en seguir hablando de Devan.

—¿Cómo consiguió Cian que trabajaras para ellos? —Lo miró, divertida.

—Imagino que lo que quieres preguntar en realidad es... cómo conseguí que me diera el trabajo. No sé si lo sabrás, pero el puesto de bibliotecaria en el Enigma es uno de los más respetados que hay en ese campo.

—También sé que Cian tiene suerte de tenerte.

—Gracias. —Intentó obviar lo que sentía al conocer lo que pensaba de ella y contestar de forma profesional—: Cuando me enteré de que el puesto estaba libre, conseguí una reunión para hablar con ellos, pero la entrevista no fue demasiado bien. Fue cuando conocí a Cian y a Devan y los dos me parecieron dos vampiros prepotentes y machistas, aunque con el tiempo me he dado cuenta de que el problema era yo, no ellos. Estaba demasiado nerviosa.

—¿Y cómo conseguiste que te dieran el puesto? —Ella se rio por lo bajo, segura de que era imposible que se imaginara su respuesta.

—Mi padre me dejó varios miles de volúmenes, algunos de gran valor. Les dije que, si me daban el trabajo, los cedería en préstamo a la biblioteca mientras yo trabajara allí.

—Buena jugada. —La miraba con admiración.

—Gracias.

—Lo malo es que, si alguien no os devuelve un libro y es muy valioso, no te compensará trabajar allí.

—Es difícil que ocurra, porque los socios no pueden sacar mis libros de la biblioteca, tan solo consultarlos allí. Fue parte del acuerdo. —Hizo un mohín travieso—. Yo estaba muy preocupada porque en mi casa no había mucha seguridad, sin embargo, el club es uno de los lugares mejor protegidos de todo Dublín. Si conseguía el puesto tendría un trabajo apasionante y, además, los libros de mi padre estarían seguros.

—Muy astuta.

Mientras, el carruaje seguía rodando sobre los adoquines de la carretera que los llevaba a Cobh.

CAPÍTULO 7

*D*urante uno de los escasos silencios que hubo entre ellos, Kirby buscó el hoyuelo que se formaba en el lado derecho de su rostro al sonreír. Levantó el índice derecho y acarició el lugar donde se escondía, porque no era visible en ese momento; luego siguió el contorno de su nariz y de su labio inferior.

—Eres preciosa. —Kristel no tenía experiencia en el trato con el sexo masculino, excepto para cuestiones relativas a su trabajo y no sabía cómo debía responder ante algo así.

—Tú también eres muy guapo. —La sonrisa de Kirby le hizo parecer mucho más joven y lo imitó, recorriendo su sonrisa con su dedo—. Me gusta verte sonreír. No lo haces demasiado.

—Tú tampoco. —Se removió, nerviosa.

—Ya sabes por qué.

—Sí, sentí mucho su muerte. Y ahora que te conozco, lo siento mucho más.

—Fue muy duro porque él lo era todo para mí. Al menos, cuando lo asesinaron, hacía años que habíamos superado la marcha de mi madre. —A Kirby se le revolvió el estómago al recordar que su madre no volvió a preocuparse de Kristel—. Ahora he conseguido recordar solo los buenos momentos que tuve la suerte de compartir con él: las guerras con bolas de nieve en el jardín después de una gran nevada; o cuando un día de nochebuena me llevó a la misa del gallo, en contra de sus creencias, solo porque yo se lo había pedido. —Sus ojos estaban húmedos, pero continuó—: En mi clase casi todas las niñas hablaban sobre esa misa y yo tenía curiosidad. —Su mirada se quedó fija en las manos que reposaban en su regazo. Recordando.

—Tu padre te adoraba. Estaba muy orgulloso de ti. No éramos grandes amigos, pero me llamaba la atención cómo hablaba de ti, de su niña, como si fueras una pequeña erudita.

—No sabía que se sentía tan orgulloso de mí, nunca me lo dijo. Pero sí sabía que me quería mucho. Cuando me lo arrebataron, me dejó casi sola en el mundo.

—¿Casi? Creía que no tenías más familia.

—Solo a Nimué, que fue quien me acogió.

—Pensaba que te habían enviado a un colegio interna. Es lo que me dijo Killian.

Cuando lo asesinaron, quiso saber qué iba a ser de la hija de Alexander Hamilton, considerando una obligación de todos los vampiros ocuparse de la niña, ya que a su padre lo habían matado mientras cumplía con un trabajo que beneficiaba a toda la sociedad vampírica. Entonces habló con Killian, decidido a ayudarla económicamente si fuera necesario, pero su amigo le aseguró que estaría bien cuidada.

—Nimué era la directora del colegio donde viví los siguientes cuatro años. Al principio estuve allí como alumna, pero luego me pidió que diera clases de historia. Según ella, conocía más de la historia de Irlanda que muchos de los profesores que había en el colegio. —Sonrió, recordando aquellos tiempos—. Me gustó dar clases, pero no es lo que más me gusta. Cuando me encontré mejor, Nimué me dijo que, al ser yo menor de edad, había tenido que conseguir la autorización de un juez, para que me dejaran estar en el colegio bajo su custodia. Y Killian fue quien lo arregló. También me confesó que fue a visitarnos en varias ocasiones, aunque yo no lo vi nunca. Y lo hizo a pesar de que el colegio estaba en el norte de Escocia, y de que se tarda más de un día en llegar hasta allí en coche. —Meneó la cabeza, aún asombrada—. ¡Y no me conocía de nada!

—La obligación de un juez no es solo juzgar a los que se han saltado la ley, Kristel. Debemos intentar resarcir a las víctimas de la mejor manera posible, aunque hay ocasiones en las que no podemos hacer nada por ellas. Cuando *La Hermandad* asesinó a tu padre no cometió solo un crimen contra él, también lo hicieron contra ti, al arrebatarte a la persona de la que dependías, tu único familiar cercano. Killian, al igual que cualquier juez en esa situación, tenía la obligación de asegurarse de que el lugar donde ibas a vivir y la persona que se hacía responsable de ti, eran los adecuados —le explicó.

—Nimué, a pesar de que me había visto en pocas ocasiones, cuidó de mí y de las propiedades de mi padre, hasta que pude hacerme cargo de mi herencia. Es una gran persona.

—Estoy seguro, y me gustaría conocerla. —Kristel sintió que él se callaba algo, pero Kirby siguió mirándola en silencio unos segundos y ella continuó:

—Cuando Nimué me contó que tuvo que pedir mi custodia legal, fue cuando me interesé por las leyes. Por eso he leído todos los libros que has escrito que me han ayudado a entender el funcionamiento de nuestro sistema legal. Y, a pesar de lo que acabas de decir, sé que todos los jueces no actúan como tú y Killian, aunque todos deberían hacerlo.

—Por eso es tan importante restaurar el consejo de eruditos, porque eran los que enseñaban ética a los futuros jueces y los examinaban después, nombrando a los que estaban preparados. Hace demasiados años que perdimos el consejo y se nota en la sociedad.

—Devan me ha hablado sobre ello. —Él la observaba con los ojos entrecerrados, imaginando lo que iba a decirle a continuación y no se equivocaba—. Dice... bueno, me ha preguntado si me interesaría formar parte del consejo. No es una propuesta oficial, solo le dijeron que me lo preguntara.

—Me lo imaginaba.

—¿Sí? —él asintió en silencio y su mirada se desvió hacia la ventana.

—Estamos llegando.

—Cuéntame algo más acerca de esa mujer... Brenda Stevens.

—No la conozco demasiado, pero parece muy eficiente en su trabajo y, por lo que sé, Nolan la tenía en gran estima.

—¡Ah!, creía que erais amigos.

—No, me enteré del hallazgo de los pergaminos por una amiga suya, Amber Gallagher, la dueña del Enigma en Cork.

—¿Tiene algo que ver con el Gallagher por cuya muerte te preguntó Devan anoche?

—Sí, es su hija —carraspeó antes de añadir—: Y con la señorita Gallagher, tampoco tengo una relación de amistad —anticipó—. Vino a verme debido a la muerte de su padre. —Prefería dejar las cosas claras para que no hubiera malentendidos.

—Comprendo. —Pero en su mirada podía ver que no era así, que todavía quería preguntarle algo más.

El carruaje se detuvo y Kristy miró por la ventanilla.

—Hemos llegado. ¿No te importa si seguimos más tarde con esta conversación? Te prometo que te contaré todo lo que quieras saber —ella asintió, recibiendo un suave beso en los labios—. Entonces, bajemos. Te esperan unos pergaminos.

Kristel se quedó fascinada por la coqueta ciudad en

cuanto bajó del coche. Lo primero que le llamó la atención fue que el clima era totalmente distinto al que había en Cork cuando se habían marchado. En Cobh lucía el sol y calentaba lo suficiente para que la temperatura fuera muy agradable.

El carruaje los había dejado en lo alto de una calle muy empinada, bordeada por casas que tenían los tejados de color gris, altos y puntiagudos y cuyas fachadas estaban pintadas de colores alegres. Detrás de las casas, varias calles más allá, se podía ver una parcela grande de terreno, junto al mar, donde había muchos obreros excavando. Parecía un lugar excepcional para construir una catedral.

—¡Esto es precioso, Kirby!

—He preferido que nos dejaran aquí, aunque hay un paseo hasta las oficinas del puerto, donde nos espera la señorita Stevens con los documentos. He imaginado que te gustaría bajar andando, es la zona más bonita de la ciudad.

—No imaginaba que fuera tan grande. —Kristel lo observaba todo con curiosidad—. ¡Mira aquellas casas! —Kirby siguió la dirección del índice femenino. Se refería a las que estaban construyendo junto a la catedral y que tendrían una vista privilegiada del nuevo monumento y de la hermosa bahía de Cobh—. Vaya lugar para tener una casa, será como vivir dentro de un cuento de hadas —musitó. Kirby asintió poniéndose la mano sobre la frente para que el sol no lo molestara.

—Sí, muchos de los que están comprando casas aquí, son de Cork. Como residencia de verano.

—¿De veras? —Estaba distraída, observándolo todo. No sabía qué le pasaba, pero estaba hipnotizada por el lugar.

—¿Tanto te gusta? —Ella lo miró, algo avergonzada.

—Lo siento, seguro que te parezco una pueblerina, pero solo he viajado para ir al internado y ahora en este viaje. Mientras estuve en el colegio, Nimué no me dejó salir de allí.

Hasta las vacaciones las pasaba con ella, tenía miedo de que me ocurriera algo. —Se encogió de hombros.

—No te disculpes, es gratificante ver cómo disfrutas de la vida. ¿Vamos? Mientras caminamos, te explicaré por qué esta ciudad que te gusta tanto, ha crecido tan deprisa. —Se cogió de su brazo con un murmullo y comenzaron a andar observando los colores de las casas.

—Hace diez años el puerto de Cork se quedó pequeño y empezaron a desviar hacia aquí algunos barcos porque no cabían. Pero este era un pueblo de pescadores y hubo que agrandar las instalaciones del puerto y la ciudad. Y esas ampliaciones no han dejado de sucederse desde entonces. Si no lo hubieran hecho, hubiera sido imposible que todos los obreros y comerciantes que se trasladaron a vivir a Cobh por su trabajo, pudieran vivir aquí. —Ella tropezó porque estaba mirando la bahía, pero Kirby la sujetó antes de que cayera—. ¡Cuidado! —susurró—. Esta calle todavía no está pavimentada y es fácil caerse.

Mantuvo la mano en su cintura y siguieron caminando. Kristel escuchaba a medias las explicaciones que le daba acerca de la ciudad, pensando en lo cómoda que estaba con el brazo de aquel magistrado de aspecto severo rodeándola. Y en que lo único que la retenía de pedirle que la llevara a cualquier parte donde pudieran estar a solas, eran los manuscritos.

—Aquí es.

Las oficinas del puerto estaban ubicadas en el primer edificio que había junto al muelle de atraque número uno. El mar estaba a unos diez metros de ellos y se había levantado un viento que formaba constantes olas de varios metros, que lanzaba contra el muelle provocando un espectáculo impresionante de agua, ruido y espuma. Un cartel blanco con el nombre rotulado en negro, a mano, indicaba que estaban en el lugar correcto. La puerta de acceso, también blanca, estaba abierta. Entraron.

—Buenos días. —Un anciano con aspecto de duende levantó la vista de un libro muy voluminoso en el que hacía anotaciones, y les dedicó una sonrisa desdentada.

—Buenos días —su acento era tan fuerte que Kristel casi no le entendía.

—Somos la señorita Hamilton y el juez Richards, creo que la señorita Stevens nos está esperando... —los interrumpió una voz femenina desde una habitación que había al fondo de un corto pasillo.

—¡Hola!, ¡pasen, por favor! —Kristel miró a Kirby, divertida por la espontaneidad de la mujer y se dirigieron hacia lo que debía de ser el despacho de Brenda Stevens. Kristel echó una última mirada al duende, pero había vuelto a sus anotaciones.

El despacho era pequeño y austero, sin nada en él que pudiera distraer a su ocupante o a sus visitantes, pero solo pudieron verlo desde fuera porque Brenda Stevens se encontró con ellos en el pasillo. Estaba poniéndose una rebeca gris encima de la falda y la blusa blanca que llevaba, y que estaban algo arrugadas. Era muy alta, casi tanto como Kirby, y delgada. Tenía el pelo color caoba, los ojos de un extraño color violeta y unos pómulos prominentes. El conjunto hacía de ella una belleza inusual.

Kirby las presentó y las dos sonrieron y sintieron una inmediata curiosidad por la otra. Brenda fue la primera que habló.

—Encantada, Kristel. —Las manos de las dos mujeres se mantuvieron unidas durante unos segundos mientras se miraban a los ojos. Kirby las observaba con curiosidad—. Iba a salir a tomar un té, aún no he desayunado. ¿Queréis acompañarme?

Los llevó a una discreta tetería que estaba muy cerca;

dentro, solo había una mujer de unos sesenta años que, siguiendo la petición de Brenda, les sirvió té con pastas. Cuando llevó la bandeja a su mesa, la mujer volvió a la barra donde siguió fregando vasos y tazas sucios.

Brenda comenzó a servir el té, murmurando lo suficientemente bajo para que solo ellos pudieran oírla:

—Ha ocurrido algo. Mañana tengo que entregar los pergaminos a primera hora.

Kirby se envaró:

—Ese no era el acuerdo. He hecho venir a Kristel desde Dublín asegurándole que tendría acceso a esos documentos, tanto tiempo como lo necesite. —Kristel observaba a la otra mujer enfadada, aunque se mantuvo en silencio.

—¡Un momento, magistrado! —Kirby se irguió al escuchar la indignación en la voz de Brenda.— Antes de que siga hablando... ¡esto no es cosa mía! Resulta que la mujer de mi... de Nolan —rectificó a tiempo, dejándoles ver que Walker Nolan no había sido solo su jefe— ha llegado a un acuerdo con el museo de historia de Cork para entregarles los pergaminos, y yo no puedo hacer nada. Hace un rato, me ha visitado un policía para recoger los documentos, pero le he dicho que no estaban en la oficina, sino en la caja fuerte de mi banco y que volviera mañana. Como me conoce, ha accedido, pero antes de marcharse me ha dicho que es mejor que mañana no haya ningún problema porque Lorna, la viuda de Nolan, ya ha hablado con su abogado para presentar una demanda contra mí, si fuera necesario. Ni siquiera sé cómo se ha enterado de la existencia de los pergaminos. —Kristel miró a Kirby que negó con la cabeza.

—A menos que en su testamento diga algo distinto, sus herederos legales son su viuda y sus hijos. Lorna podría presentar la demanda y la ganaría. —Miró fijamente a Brenda—. Creía que tu relación con ella era buena. —Brenda entrecerró los ojos y contestó con voz aparentemente dulce:

—Todo lo buena que cabe esperar entre una viuda y la amante de su marido.

Se calló repentinamente. Kristel la observaba fascinada, pero Kirby se extrañó porque notó una mentira oculta en sus palabras.

CAPÍTULO 8

*D*espués de escuchar la explicación de Brenda, Kristel decidió que tenía que ponerse a trabajar cuanto antes para aprovechar el poco tiempo del que disponía.

—Bueno, mejor algo que nada, ¿cuándo puedo empezar? —Pero Kirby quería saber algo antes.

—Brenda, ¿por qué nos has traído aquí para decírnoslo?

—Nolan no exageraba al decir que no se te escapaba nada. —Su sonrisa era triste—. En estos días me he dado cuenta de que me vigilan. Y sabía que, a estas horas, aquí estaríamos solos y, sentados en esta mesa, la dueña del local no puede oír lo que hablamos.

—¿Le has avisado a la viuda de Nolan que Kristel va a examinar hoy los pergaminos?

—Yo no, pero lo sabe. Aunque no sé cómo.

—¿Por qué se lo has ocultado? —Brenda suspiró.

—Porque, solo por molestarme, Lorna no le dejaría hacerlo. Me odia.

—Entiendo. —Y así era, pero seguía pensando que la señorita Stevens les ocultaba algo.

—Después de darle muchas vueltas, he decidido llevaros a mi casa. Está en las afueras y allí nadie os molestará. Yo no voy a ir en todo el día y, desde la muerte de Nolan, por las noches duermo en la habitación que hay encima de las oficinas. Aquí tengo ropa y todo lo que necesito. —Kristel estaba impaciente.

—¿Dónde están los pergaminos? Siento ser tan pesada, pero con tan poco tiempo, tengo que aprovechar hasta el último minuto...

—Los llevé anoche a mi casa. Allí tengo una caja fuerte escondida —bajó el tono de voz hasta que fue solo un susurro, porque habían entrado algunos clientes en el local. Parecían dos obreros que habían ido a desayunar, pero a Kirby no le gustaron. Dejó suficiente dinero sobre la mesa para pagar lo que habían tomado y se levantó.

—¿Nos vamos?

Dejó que salieran ellas primero, cediéndoles el paso con caballerosidad, y él se quedó observando durante unos segundos a los dos hombres, descubriendo enseguida que no lo eran. Iban disfrazados de humanos, pero era demasiado antiguo para que otro vampiro lo engañara con un disfraz. El más alto de los dos se levantó y se acercó a él, quedándose a un metro de distancia, mirándolo fijamente. Kirby sonrió al notar su burdo intento de entrar en su mente, y le enseñó sus largos colmillos, crecidos ante una posible pelea. El otro, con los ojos agrandados por el miedo, volvió a sentarse y Kirby supo que, en esa ocasión, no se atreverían a seguirlos. Caminaron hacia el coche, las dos mujeres juntas hablando entre ellas, y él a pocos pasos, vigilándolo todo; consciente del peligro que había en esas calles, aparentemente tranquilas.

—¿Hace mucho que te dedicas a la investigación? —Kristel sonrió consciente de su aspecto juvenil, a pesar de su edad.

—Casi toda mi vida, pero desde que trabajo como bibliotecaria en el club, tengo menos tiempo. Llevar una biblioteca como esa, implica bastante trabajo.

—¡Has conseguido un puesto muy importante siendo muy joven!

—Este año he cumplido los treinta. —Rio al ver la cara de incredulidad de la otra mujer.

—¡No puede ser! ¡Yo tengo veinticuatro y parezco mayor que tú! —A Kristel le caía muy bien aquella chica, pero se puso seria al escuchar lo que le dijo a continuación—: No estaba segura de que quisieras hablar conmigo.

—¿Por qué no?

—Porque todo el mundo dice que era la... amante —le costó decir la palabra— de Nolan. —Abrió la boca de nuevo, pero Kristel la detuvo.

—No sigas, Brenda. No me importa si lo eras o no, no es asunto mío. Ya sé que lo que voy a decir no es lo normal en nuestra época, pero creo en la igualdad entre hombre y mujer y, por eso mismo, deberíamos tener libertad para decidir lo que queremos hacer en nuestra vida, en todos los ámbitos... siempre que no hagamos daño a nadie. —Kristel lanzó una discreta mirada a Kirby sin darse cuenta, por lo que Brenda supo que lo que iba a decirle estaba relacionado con el juez—. Nuestro cuerpo solo nos pertenece a nosotras y llegará un día en el que todos lo aceptarán así. —Brenda agrandó los ojos, fascinada—. No es algo que suela hablar con nadie ya que, desgraciadamente, no suelo relacionarme demasiado con otras mujeres. Pero, con diecisiete años, se hizo cargo de mí una amiga de mi padre, que es firme defensora de las ideas de Mary Wollstonecraft. —Brenda parecía estar en blanco—. No me digas que no sabes quién es.

—El nombre me suena, pero ahora mismo... —negó, un poco avergonzada por no saberlo.

—Fue la escritora que revolucionó el pensamiento y las ideas tradicionales que había en nuestra sociedad sobre las mujeres. Murió a finales del siglo pasado, en 1797, después de escribir varias novelas, cuentos, ensayos... —Se encogió de hombros—. Era una mente inquieta, pero lo más importante que escribió fue *La vindicación de los derechos de la mujer*. Es la primera obra filosófica que expone qué es lo que hay que cambiar en nuestra sociedad para conseguir que las mujeres sean iguales, de verdad, a los hombres.

Kirby se había acercado discretamente a ellas y asistía, fascinado, al cambio que se había producido en Kristel durante los últimos minutos. Le fascinaba verla defender sus creencias con tanto ímpetu. Cuando llegaron al carruaje, Kristel interrumpió su alegato repentinamente. Kirby pidió a Brenda que le explicara al conductor cómo llegar a su casa, y mientras lo hacía, él susurró en el oído de Kristel:

—Espero que en el carruaje continúes exponiéndonos tus ideas con la misma libertad. —Ladeó la cabeza al escucharlo.

—No esperaba que ningún miembro de tu sexo, hombre o vampiro, admitiera con tranquilidad mis palabras.

—Eso es porque, hasta ahora, nunca te habías encontrado con los machos adecuados —ella asintió, aparentemente impasible, pero la piel se le erizó al escucharlo llamarse macho; aunque era habitual que, dentro de la especie de los vampiros, se llamase así a los miembros del género masculino. Brenda volvió junto a ellos y el juez ayudó a ambas mujeres a subir al carruaje. Después, se pusieron en marcha.

—Me gustaría saber más acerca de esa escritora.

—Si el tema te interesa, lo mejor es que leas el libro que te he dicho. Si no lo encontraras, porque hay muchas librerías que se niegan a venderlo, escríbeme al club y te enviaré una copia. Te aseguro que, hasta ahora, nadie ha expuesto mejor los problemas que tenemos las mujeres en esta sociedad y su solución. Todos, hombres incluidos, deberían leerlo. —Kirby se mantuvo prudentemente callado, pero Brenda sentía mucha curiosidad.

—Mientras llegamos, háblame más sobre ese libro. Si no te importa…

—Por supuesto. —Pensó durante unos segundos por dónde empezar—. Creo que lo más importante es que condena la educación que se daba a las mujeres en su época, que no es muy diferente a la que nos dan ahora; y eso que yo no puedo quejarme porque mi padre me educó igual que si hubiera sido un chico. Pero siguiendo con el libro, lo que nos enseñan desde niñas nos hace artificiales y débiles, y no permite que desarrollemos nuestras capacidades, deformando nuestro pensamiento con nociones equivocadas de lo que debe ser una mujer. —Tanto Brenda como Kirby estaban absortos en ella, hipnotizados por la pasión que imprimía a sus palabras—. Las primeras feministas pedían que se diera la misma educación a hombres y mujeres, pensando que eso sería suficiente para que se alcanzara la igualdad entre los dos sexos. Pero Mary Wollstonecraft creía imprescindible que se crearan leyes que terminaran con el pensamiento de que la mujer es inferior al hombre y, por supuesto, exigía al Gobierno que garantizara un sistema nacional de enseñanza primaria gratuita y universal para los dos sexos. Solo si las mujeres tienen las mismas oportunidades que los hombres serán médicos, abogados o lo que quieran, y podrán vivir de su profesión. —Echó una rápida mirada a Kirby que se había sentado frente a las dos mujeres y que la observaba con gesto indescifrable—. Desgraciadamente, han pasado más de ochenta años desde que publicó sus ideas y seguimos igual que entonces o peor.

~

La casa de Brenda era pequeña, pero estaba en un lugar privilegiado. Desde la parte delantera de la vivienda podía verse el mar y desde la trasera, cruzando el camino por el que habían llegado, había un bosque precioso. Brenda fue a buscar los documentos, mientras ellos esperaban en el salón. Pocos minutos después, llamó a Kirby y él entró en el dormitorio pensando que necesitaba ayuda. Ella lo esperaba con un paquete envuelto en la piel de algún animal entre las manos. La observó, arqueando una ceja.

—He tenido mucho tiempo para pensar mientras veníais —el juez permaneció en silencio— y, aunque siento tener que hacerlo, debo pedirte un favor a cambio de dejar que Kristel examine esto. —Levantó el paquete para que no tuviera duda a qué se refería.

—Eso suena sospechosamente a un chantaje.

—No te voy a pedir dinero ni nada parecido.

—¿Qué quieres?

—Que investigues la muerte de... de Nolan. No creo que fuera un accidente —terminó la frase con dificultad, sintiendo que se ahogaba.

—Ya tenía pensado hacerlo.

—¿De verdad? —Al ver la humedad en sus ojos, se evaporó el enfado de Kirby.

—Sí, a mí también me parece sospechosa.

—Gracias. —Respiró hondo y alargó el paquete para que él lo cogiera, pero Kirby movió la cabeza y se apartó.

—No, dáselos a ella. Por favor. —La siguió fuera de la habitación hasta que llegó junto a Kristel.

—Toma. —Ofreció el paquete a Kristel, y la bibliotecaria lo cogió observando la piel marrón, oscura y cuarteada por el paso de los siglos—. Así es como los encontraron. —Kristel siguió con un dedo las grietas de la piel.

—Siglos atrás, solían cubrir los documentos importantes con pieles de animales para protegerlos. —Llevó el paquete a la mesa que había en el centro del salón—. ¿Puedo acercar la mesa a la ventana? Así tendré mucha más luz —Brenda asintió en silencio. Kristel y Kirby movieron la mesa, luego

83

ella dejó el paquete encima y lo abrió. Kirby acercó el maletín de Kristel dejándolo sobre una silla cercana. Lo había cogido del carruaje sabiendo que lo necesitaría porque ella le había dicho que dentro tenía un poco de ropa, por si se quedaba a pasar la noche en Cobh, y algunos útiles de escritura.

—Bueno, yo me marcho. Por favor, utilizad lo que necesitéis de la casa. —Pero Kristel la frenó antes de que saliera.

—Brenda, perdona. —Se acercó a ella—. Como tenemos tan poco tiempo... ¿conoces a algún fotógrafo que pueda hacer unas fotos a los documentos y revelarlas lo más rápido posible?

—Sí, desde luego, además, es de confianza. Si os parece bien, os lo enviaré con el carruaje cuando me deje en la oficina.

Se dio la vuelta para marcharse y Kirby la acompañó. Kristel ya estaba ensimismada en los documentos y para ella el resto del mundo había dejado de existir.

—Repito que cojáis lo que necesitéis. Hay algo de comida en la fresquera y en la despensa, té y galletas.

—Gracias por todo. —Estuvo a punto de marcharse, pero lo pensó mejor y volvió a acercarse al juez:

—Tú y yo casi no nos conocemos, pero sé que apreciabas a Nolan y él también te apreciaba a ti.

—Era un buen hombre.

—Sí —suspiró por lo que ya nunca podría ser—, es cierto, pero como todos, a veces se equivocaba. Veo que no sabes a qué me refiero. —Brenda hizo una mueca—. No importa. Hay hechos de los que todavía no puedo hablar. —Se detuvo, pensando cómo explicarse sin desvelar nada que no debiera —. Lo que quiero pedirte es que tengas cuidado. —Kirby no entendía nada.

—¿Estás hablando de los pergaminos?

—Por supuesto que no. Hablo de Kristel y tú; de que cuando estáis juntos, el aire que hay a vuestro alrededor crepita y de que creo que tú eres más consciente que ella de lo que puede acarrear vuestra unión. —Ambos se volvieron para observar a Kristel, que estaba inclinada sobre unos papiros amarillentos.

—Brenda —le molestó que se metiera en un tema tan íntimo, pero no quiso responderla mal—, es más complicado de lo que parece.

—Siempre lo es. Mira, tengo una amiga que conoció a su verdadera pareja y, después de tener una relación con ella, se separaron por una tontería. Estuvieron muchos años separados, pero nunca se olvidaron el uno del otro. Ahora han vuelto a encontrarse, se han casado y viven en África, pero han perdido muchos años de felicidad por ser tan tozudos.

—Nuestro caso es distinto, Kristel y yo todavía tenemos que conocernos. —Ella sonrió de forma burlona.

—Ya. Bueno, imagino que sabes lo que haces.

—Gracias de nuevo, Brenda. —Ella echó una última mirada a Kristel antes de decir con admiración:

—Me gusta. Nunca había conocido a nadie tan inteligente.

—Su padre fue un gran erudito y la educó para ser como él, pero creo que llegará a superarlo.

—Me voy ya, tengo mucho que hacer. —Observó el rostro del juez, cuya severidad habitual parecía haberse ablandado —. Entonces, nos vemos mañana. Los pergaminos deben estar en mi oficina a las nueve. A las nueve y media vendrá alguien del museo a recogerlos. En cuanto llegue a la oficina, mandaré aviso al fotógrafo, pero no sé a qué hora podrá venir.

—Gracias. Te acompaño al coche. Tengo que hablar con Tom, el conductor —le avisó de que tenía que recoger a una persona, Brenda le diría quién era y dónde tenía que ir a buscarla, para traerla después a la casita.

Cuando el carruaje desapareció, se quedó durante unos

minutos frente al bosque, con las manos en las caderas, observándolo todo. Recorrió con la mirada el lugar repleto de helechos gigantescos e impresionantes sauces llorones, entendiendo el enamoramiento instantáneo que Kristel había sentido por Cobh.

Se dio la vuelta y observó la bahía que se encontraba al otro lado de la casita. El viento había dejado de soplar y el mar estaba en calma, por lo que la luz del sol hacía que brillara como un espejo. Impresionado por la belleza del lugar, entró en la casa y se acercó a Kristel. Miró por encima de su hombro los viejos documentos que trataba con tanto cuidado que hasta se había puesto unos guantes blancos para tocarlos. Intentó leer alguna línea, pero no entendía nada, claro que no le extrañó; él no era de los afortunados que entendían el idioma antiguo. Nunca le había atraído ese conocimiento en particular.

—¿Son verdaderos? —Cuando vio la ilusión que había en sus ojos, Kirby se estremeció.

—Sí. ¡Veinticinco documentos desconocidos, escritos en el idioma antiguo! Aunque todavía no sé qué es lo que dicen exactamente. —Después, devolvió su atención a los pergaminos, como si no pudiera estar mucho tiempo sin observarlos.

Dos horas después, el fotógrafo que Brenda les había enviado había terminado su trabajo y se había marchado. De todas maneras, Kristel había decidido, por si había algún problema con las fotografías, copiar a mano todos los documentos; y cuando Kirby vio lo que tardaba con cada uno de ellos, decidió ayudarla para salvar parte de la noche. Ella aceptó, le explicó cómo hacerlo y comenzaron a trabajar. Kirby consiguió hacer la mitad del trabajo que ella, pero entre los dos pudieron terminar de madrugada. Agotados, se desperezaron y Kristel extendió la mano derecha moviendo los dedos compulsivamente, gimiendo por el dolor:

—¡Ay! —Se apretó la mano con una mueca.

—¿Qué te pasa? —Se inclinó sobre ella y cogió su mano con delicadeza.

—Tengo calambres en los dedos. —Se le quedaban rígidos involuntariamente.

—Has forzado demasiado la mano. Déjame a mí. —Comenzó a estirarle los dedos y a masajear las articulaciones—. ¿Te duele?

—Sí, pero no pares —ordenó—. Es un dolor bueno.

—De acuerdo. ¿Has podido traducir algo mientras hacías las copias?, porque confieso que yo no he sido capaz de entender ni una palabra.

—Pues yo tampoco, y es muy raro, porque leo bastante bien el idioma antiguo. Es como si fuera un lenguaje distinto. —Se encogió de hombros con aspecto malhumorado—. Necesitaré tiempo para descifrarlos, puede que años.

Él continuó con el masaje deshaciendo los nudos internos de los dedos hasta que notó que se relajaban, entonces, siguió con la palma de la mano y, luego, desabrochó el botón de la manga y subió por su antebrazo, ante la mirada somnolienta de Kristel. Acarició suavemente el brazo hasta que la manga no subió más y, entonces, la miró fijamente. Tenía los labios húmedos y tan deseables que tuvo que contenerse para no lanzarse como un loco a besarlos. Murmuró apasionadamente:

—¿Quieres que siga? —Ella no lo dudó.

—Sí.

CAPÍTULO 9

*K*irby tomó su mano y la llevó al dormitorio, encendió la lámpara de gas que había sobre la mesilla y volvió junto a ella. Kristel se estremeció y él la abrazó, calentándola, y guiando su cabeza para que buscara cobijo en su pecho.

—¿Tienes miedo? —la ternura de su voz hizo que sintiera ganas de llorar. Negó con la cabeza, incapaz de contestar, y tragó el nudo que tenía en la garganta para poder hacerlo.

—No, son solo nervios. Estoy segura de que serás cuidadoso, pero ya sabes que es mi primera vez. No es lógico estar tan preocupada, pero no puedo evitarlo —se lamentó, él puso la mano izquierda en su barbilla para levantar su cara y verle los ojos.

—Esto no tiene nada que ver con la lógica, solo con nuestros sentimientos. —Ella se mordió el labio.

—No creo que sea buena idea que mezclemos los sentimientos con esto. —Quería ser justa con él.

Kristel creía estar segura de lo que iba a ocurrir esa noche entre los dos, una mera relación física. Hacía mucho tiempo que deseaba hacer el amor con Kirby, pero no esperaba nada más después de que ocurriera, solo continuar después con su vida habitual. Por alguna razón, en ese momento se sintió ruin por pensar así, como si lo estuviera traicionando, a pesar de que no se habían hecho ninguna promesa.

—Shhh. Ven, sentémonos un momento. —Él lo hizo sobre la cama y a ella la sentó sobre su regazo, haciendo que se apoyara sobre su pecho. Sentía su desazón. La arrulló entre sus brazos, acariciando su pelo y aprovechó para quitar las horquillas que sujetaban su peinado, frotando con suavidad el cuero cabelludo para calmar el dolor que habían dejado los pequeños alambres después de tantas horas. Cuando estuvo cómoda, empezó a hablar—: Sé lo que piensas, querida. No me engaño creyendo que después de esta noche te sentirás, obligatoriamente, más unida a mí, pero necesito ser sincero contigo: eres mi velisha, la mitad que le falta a mi alma —Kirby suspiró—, pero es imposible que entiendas lo que significas para mí a menos que te cuente lo que me ocurrió cuando era una adolescente. —Lo miró, extrañada por el dolor de su voz, pero se mordió la lengua y esperó—. Cuando yo tenía trece años, mis padres tuvieron otra hija, Áurea. El día en el que mi hermana cumplía diez meses, íbamos a merendar en el jardín. Mi padre todavía no había vuelto de trabajar y mi madre me encargó que tuviera cuidado de Áurea, mientras ella entraba un momento en casa a por algo. A mí no me importaba cuidar de la bebé siempre que no tuviera que cambiarle el pañal, claro, pero vi saltar una rana al otro lado del jardín. —Kristel estaba asombrada al descubrir que tenía una hermana. Pensaba que era hijo único, como ella—. Por entonces me encantaba coleccionar ranas, lagartijas… todos los bichos que podía. Me costó capturarla, pero lo conseguí después de correr y saltar bastante rato detrás de ella. Lo malo fue que, cuando volví junto a Áurea, ella no estaba. Y, aunque mis padres, los sirvientes y yo la buscamos por todo el barrio durante la tarde y gran parte de la noche, no la encontramos. Nunca apareció.

—Lo siento mucho, Kirby. —Lo abrazó por el cuello con fuerza, intentando consolarlo—. ¿Tus padres te culparon? —susurró.

—No, son maravillosos. Pero como es lógico, nunca han vuelto a ser los mismos y yo nunca me lo perdoné. Hasta hace poco no me he dado cuenta de que, cuando Áurea desapareció, decidí inconscientemente que yo no tenía derecho a ser feliz hasta que no supiera qué había sido de ella, y desde entonces nunca he dejado de buscarla. Cuando te conocí, supe que a tu lado conseguiría perdonarme por fin. Tú me haces feliz. —Emocionada, ocultó el rostro en su cuello con un murmullo y lo besó tras la oreja. Se apartó lo suficiente para ver su rostro bello y elegante y sus ojos dorados, brillantes por la pasión.

—Siento lo que te pasó, pero solo eras un niño. —Lo besó en la mejilla.

—Bésame de verdad, Kristel. —Ella negó con la cabeza como último signo de rebeldía, pero él no iba a permitirle que siguiera huyendo de lo que los dos deseaban.

—Hazlo —insistió.

La mirada de Kirby se posó en sus apetitosos labios y ella no fue capaz de apartar la vista. El vampiro la acercó más a él para que sintiera la dureza de su erección.

—Esto es por ti, Kristel, solo por ti. Siempre que estoy a tu lado estoy así. Desde que te conocí, he soñado todas las noches contigo y cuando me despertaba y veía que solo era un sueño, tenía ganas de morirme, pensando que esos sueños nunca se harían realidad —Kristel gimió y él acercó su rostro hasta que sus labios se rozaron, entonces, ella lo besó.

Kirby se quedó inmóvil, dócil en sus manos, dejando que ella experimentara cuanto quisiera. Haría todo lo que estuviera a su alcance para que se sintiera cómoda y que descubriera el placer a su ritmo. Se estremeció, sorprendido, al sentir que le lamía delicadamente el labio inferior y separó los labios dejándola entrar; cuando lo hizo, gruñó y acunó su nuca para guiar su cabeza hasta colocarla en la mejor posición para que lo besara. Entonces, Kristel se levantó, pero se quedó junto a él.

—¿Qué pasa? —La abrazó y ella se puso de puntillas para rodear el cuello con sus brazos. Estaban tan pegados el uno al otro, que notaba cómo su miembro presionaba contra su vientre.

Se sentía excitada, deliciosamente caliente, por eso se había levantado, porque quería que la hiciera suya. Todo su pensamiento lógico había volado y solo podía pensar en lo que iba a ocurrir esa noche entre los dos. La mano que Kirby mantenía hasta ese momento en su cintura bajó hasta sus nalgas, que apretó con fuerza, y volvió a subir acariciando su espalda, como si quisiera que ella se acostumbrara a su contacto. Pero Kristel necesitaba más, de modo que se alzó de puntillas y su lengua buceó en la boca del vampiro, provocando un gemido de placer masculino. A la vez, presionó su pecho contra el cuerpo de Kirby, intentando calmar el dolor punzante que sentía en los pezones.

Un gruñido grave resonó en la habitación, procedente de lo más profundo del pecho de Kirby y su lengua se entrelazó con la de ella, compartiendo respiración y saliva. Kristel no sabía que besar pudiera ser tan excitante.

Con la respiración agitada, se apartó de ella y le desabrochó la chaqueta, lanzándola sin cuidado sobre una silla y luego hizo lo mismo con la falda. Ahora solo tenía puesta una blusa y la ropa interior, que le quitó despacio, ralentizando el momento para disfrutarlo más. Cuando se quedó desnuda, la admiró durante varios segundos y luego la tumbó sobre la cama. Bajo la atenta mirada de ella, se desnudó, acostándose a su lado con el pene a punto de estallar. Lamió su cuello con deleite mientras sus manos acariciaban sus pechos y tiraban de sus pezones suavemente. Kristel se estremeció suspirando y gimiendo. Sus caderas se balanceaban, sintiéndose vacía.

—Abre los ojos —le ordenó. Ella obedeció y lo miró fijamente bajo la pálida luz de la lámpara de gas.

Exhibía una pasión muy diferente a la gravedad que solía mostrar habitualmente. En sus pupilas habían aparecido dos llamas rojas lo que significaba, según los libros, que estaba muy excitado; aunque también podían aparecer cuando estaban furiosos. Con mano firme, él acarició sus muslos hasta llegar a sus rodillas que presionó levemente para que las abriera; ella lo hizo, sintiéndose arder y él sonrió mostrándole los colmillos como la noche anterior, desarrollados al máximo de su tamaño:

—Hoy beberé de ti mientras te penetro, eso aumentará nuestro placer. —A Kristel se le erizó la piel. Kirby se incorporó para colocarse entre sus muslos y se sentó sobre las plantas de sus pies, presionando para que abriera más los muslos, pero ella se resistía—. Cariño, ábrete.

—¿Para qué? —Se removió en la cama y él sonrió tiernamente, acariciando sus muslos.

—Quiero verte por dentro. —Ella negó con la cabeza y él se tumbó sobre ella, apoyándose en los codos para no hacerle daño—. ¿Por qué no? —Tenía una ligera idea de cuál iba a ser su respuesta porque se había ruborizado. Le acarició la mejilla con suavidad y la curva de la nariz esperando su contestación, mientras su pene latía junto a la entrada de su vagina.

—Me da vergüenza.

—No puede existir ese sentimiento entre nosotros —besó su nariz—, cariño, no hay ninguna parte de ti que no sea hermosa. —Ella volvió a negarse y, entonces, él la miró con la cara ladeada y asintió—. Está bien, esta vez lo haremos a tu modo. —Deslizó su mano buscando el nido de rizos femenino e insertó el dedo índice en su interior, hasta localizar su botón del placer. Lo acarició suavemente al principio, incrementando su velocidad después, hasta que ella se sacudió y lo miró con los ojos agrandados por la sorpresa.

—¿Qué... qué haces? ¿Por qué utilizas la mano?

—Tengo que prepararte antes. —Observó su rostro atentamente, hasta que notó que ella estaba a punto, entonces, incrementó los movimientos—. ¡Vamos, cariño!

El orgasmo explotó en el cuerpo de Kristel dejándola débil y desmadejada. Él la besó en los labios mientras esperaba a que se recuperara.

—¿Te ha gustado?

—Sí, pero creía que íbamos a hacerlo a la forma tradicional. —Sonrió somnolienta—. Y tú no has terminado, otra vez. —Alargó la mano hacia su miembro, pero Kirby la interceptó y la llevó a sus labios para besarla.

—Eso lo solucionaremos enseguida. No te preocupes por mí. —Volvió a tumbarse sobre ella, lamió la vena que recorría su garganta y su corazón aumentó sus latidos exponencialmente, recordando el sabor de su sangre. Era el elixir más exquisito que había probado jamás y le dolían los colmillos por el deseo que sentía de beber de ella. Igual que la noche anterior, ella le suplicó:

—Muérdeme, Kirby. —Casi lo hizo, pero quería que, en esta ocasión, todo fuera perfecto; por eso, antes de hacerlo, se colocó en posición de penetrarla y la miró por última vez.

—¿Estás preparada? —La mirada de Kirby era febril. Sus ojos estaban completamente cubiertos por una pátina rojiza que evidenciaba que no podía esperar más.

Decidida, se agarró a sus hombros y asintió con una sonrisa valiente. Él inspiró hondo una vez y la penetró con fuerza y, a continuación, la mordió comenzando a beber de ella. Kristel cerró los ojos, clavándole las uñas en la espalda y gimió, dolorida, pero segundos después solo sintió placer. Nunca había experimentado un anhelo semejante al que sentía en ese momento, ni siquiera sabía que tal cosa fuera posible, a pesar de haber leído muchas de las obras que los poetas más ilustres habían dedicado al amor y la pasión.

Cuando entró en ella, fue algo sobrecogedor. Como si dos partes que hubieran estado siempre separadas, se unieran. Sus ojos se abrieron por completo por la impresión y hundió los dedos en los hombros de Kirby. Él seguía bebiendo de ella, con succiones largas y lentas que aumentaban la excitación de Kristel, y continuaba penetrándola, entrando y saliendo de ella con impulsos firmes y seguros. Como respuesta, el cuerpo femenino respondía con leves sacudidas ante la fuerza de la invasión. Sentía que el sexo de Kirby era demasiado grande y se retorcía intentando acogerlo en su interior.

Kirby, notando su ansiedad, dejó de beber y lamió su herida para que cicatrizara. La miró, calmándola con un murmullo y la sujetó con determinación al tiempo que se retiraba un poco y arremetía de nuevo, más lentamente, con la mirada concentrada en su rostro. Kristel jadeaba y gritaba, no podía detenerse, intentando alcanzar el placer. El corazón le latía con violencia contra las costillas y se aferraba a él, desesperada, sintiendo que estaba a punto de ser arrollada por una fuerza de la naturaleza. Kirby le susurró dulcemente algunas palabras que no pudo entender, pero su voz consiguió calmar su locura.

—Por favor —suplicó.

Sabiendo lo que necesitaba, él aceleró sus movimientos, llegando a lo más hondo de ella. Abrió más los muslos femeninos para procurar el mayor placer posible para ambos, mientras que ella intentaba acelerar su culminación. Kirby apretó los dientes esperando que ella alcanzase antes el clímax, conteniéndose, a pesar de que empezaba a dolerle no poder expulsar su semilla; entonces, cuando creía que no podría aguantar más, Kristel se convulsionó y gritó con fuerza, poniendo los ojos en blanco y él se dejó ir, aunque todavía se introdujo un par de veces más en ella. Después, se dejó caer encima de su cuerpo, con la cara junto a la suya. Cuando pudo hablar, susurró:

—Enseguida me moveré, en cuanto encuentre fuerzas para hacerlo. —Ella lo abrazó acariciando sus hombros.

—No tengas prisa, me gusta tenerte ahí. —Seguía dentro de ella y Kristel nunca se había sentido tan completa como en ese momento. No sabía qué significaba eso, pero era inquietante. Como lo había sido observar cómo se contenía Kirby para que ella consiguiera otro orgasmo, retrasando el suyo propio y verlo sufrir por ello. Y al final, cuando se tumbó sobre ella y la besó en el cuello delicadamente, a Kristel se le saltaron las lágrimas. Seguramente, pensó, el haber perdido la virginidad, le había puesto demasiado sensible.

Pocos minutos después, él se levantó, aparentemente recuperado y paseó su mirada por la habitación. Ella levantó la cabeza bostezando, necesitaba dormir.

—¿Qué buscas? —sin contestar, salió de la habitación paseando su gloriosa desnudez delante de ella que sintió que se le hacía la boca agua.

—Vuelvo enseguida.

Cuando lo hizo, llevaba un aguamanil de cerámica blanca pintada con flores azules lleno de agua. Al ver que se dirigía hacia ella, Kristel se incorporó en la cama apoyándose sobre los codos y agrandó los ojos, preocupada.

—¿Qué vas a hacer?

—Solo quiero que estés cómoda. —Dejó la palangana en el suelo y Kristel pudo ver que dentro flotaba un paño de algodón. Se sentó en la cama, junto a ella. Alargando el brazo, acarició su pelo y luego descendió por su mejilla.

—Eres preciosa, Kristel. —Era increíble que todavía la hiciera ruborizarse después de lo que acababan de hacer.

—Gracias —murmuró, perdida en sus ojos dorados.

—¿Cómo te encuentras?

—Bien. —Solo sentía un ligero escozor en sus partes más íntimas, pero lo consideraba normal después de la actividad que habían realizado juntos.

Él sonrió, como si le hubiera leído el pensamiento y la destapó, luego la sujetó, cuando intentó bajarse de la cama y presionó suavemente sus muslos para que los separara.

—Ábrete, Kristel. —Ella obedeció, tumbándose de nuevo y apartando la mirada. Kirby fue dulce y eficiente, lavando su cuerpo. Le sorprendió que el agua estuviera templada.

—Puedo hacerlo yo —se quejó.

—Me agrada ocuparme de ti. Permíteme que lo haga, querida. —Ella no contestó, pero comenzó a charlar como le ocurría siempre que estaba nerviosa.

—Pensaba que el agua estaría fría. —A Kirby le divertía comprobar que su mente no paraba nunca.

—En la tetera quedaba agua.

—¡Ah! —Cuando terminó, enjuagó de nuevo el paño y se levantó, lavando su propio cuerpo; luego, se llevó la palangana, momento que ella aprovechó para taparse con la sábana. Tenía que reconocer que se sentía mejor, aunque había pasado algo de vergüenza. Cuando él volvió, se tumbó a su lado, abrazándola.

—¿Mejor? —«Desde luego», pensó ella con la mejilla apoyada en su pecho.

—Kirby, me gustaría trabajar con los pergaminos un par de horas antes de llevárselos a Brenda.

—Cariño, es muy tarde…

—Sí, pero puedo dormir solo dos horas y... —La boca se le abrió en un largo bostezo. Cuando terminó, Kirby insistió:

—Duérmete. Tienes las fotos y las copias, y en el caso de que necesites ver los originales, siempre podemos ir al museo.

Cuando escuchó su ronquido, él también se durmió.

CAPÍTULO 10

A todo el mundo le gustaba Joel Dixon. Era un vampiro caballeroso y amable, cualidades que unidas a su elegancia natural lo hacían parecer un ejemplo de distinción. A pesar de su avanzada edad, seguía dando clases de gaélico en la universidad (algunas lenguas viperinas aseguraban que Dixon ya estaba vivo, cuando los dinosaurios desaparecieron de la corteza terrestre). Pero cualquiera de los miembros de la sociedad vampírica que presenciara la siguiente escena, creería que sus ojos y oídos les estaban engañando.

Dixon estaba en el sótano de la mansión que tenía en Dublín reunido con dos de sus mejores hombres, Jack y Curtis, que le hablaban en todo momento con un respeto temeroso.

—¿Qué sabemos?

—El engaño ha funcionado. La viuda aceptó lo que le dijimos y ordenó que se entregaran los documentos a nuestro enviado. Todos creen que están seguros en el museo, pero el profesor ya está estudiándolos.

—Bien. En cuanto tenga algo, quiero saberlo. Tengo otro encargo para vosotros: quiero que acabéis con la bibliotecaria. No voy a dejar que se produzca otra unión antinatural entre una híbrida y un vampiro de sangre pura. —Jack tragó saliva, nervioso.

—Por supuesto, señor, pero el juez Richards no se ha separado de ella ni un momento.

—¿Quieres decir...? —No hizo falta que terminara la frase, Jack asintió despacio y el profesor se quedó sin habla debido a la furia que sentía. A continuación, sus ojos cambiaron de color volviéndose rojos y su puño se estrelló sobre la mesa, haciendo bailar los tres vasos con whisky que había sobre ella—. ¡Otro juez perdido!, ¡y este, emparejado con la repugnante hija del humano que se atrevió a usurpar, durante años, el lugar que le correspondía a un vampiro en el consejo de eruditos! —Cogiendo uno de los vasos de la mesa, lo lanzó contra la pared y luego apuntó con su dedo a Jack—. No me importa cómo lo hagáis, pero quiero que esto termine. Contrata asesinos, haz lo que sea necesario, pero matadlas. A las tres.

—Señor, tanto la mujer de Cian como la de Killian están protegidas por un pequeño ejército desde hace semanas. Es como si conocieran nuestras intenciones.

—¿Qué quieres decir? —No se atrevió a contestar y Curtis, afortunadamente, lo hizo por él.

—Jack y yo creemos que están recibiendo información de alguien de dentro —el gruñido del *Maestro* les puso los pelos de punta.

—¿Un traidor? ¿Entre nosotros? —Bajo la mirada rojiza de su líder, murmuraron que eso era lo que pensaban—. ¡Encontradlo! ¡Sea quien sea, deseará no haber nacido!

∽

En la habitación contigua, una anciana de pelo blanco volvió a colocar el pequeño trozo de piedra que previamente había desprendido de la pared. Estaba en la despensa, cuyo muro lindaba con la habitación donde se estaban reunidos los miembros de *La Hermandad*. A pesar de que la conversación era muy interesante, no podía seguir espiándoles porque tenía una cita a la que no podía faltar. De todas maneras, ya había oído suficiente. Cuando volvió a colocar el mueble que tapaba el trozo de pared donde estaba su piedra, se marchó silenciosamente y con una rapidez sorprendente para su edad.

~

Fenton Strongbow estaba nervioso y eso era algo que hacía mucho tiempo que no le pasaba, desde sus primeros tiempos en *La Brigada*. Pero esto era distinto, tenía la sensación de que estaba a punto de ocurrir algo importante. Hasta pensó que la cita podía ser una encerrona y se sentó en un rincón de la taberna con la espalda contra la pared; en un lugar en el que él no fuera demasiado visible, pero que pudiera ver a todo el que entraba y salía.

Estaban en uno de los peores barrios de Dublín y aquí cualquier cosa era posible. Killian estaba demasiado preocupado por Gabrielle y no se había extendido demasiado explicándole la misión, solo le había pedido que acudiera en su lugar a una reunión. Por fin conocería a la única agente femenina de *La Brigada*. Tenía ordenes de escuchar lo que tuviera que decirle y luego comunicarle la información a Killian, a menos que tuviera que tomar una decisión sobre la marcha, en cuyo caso confiaba en él para hacerlo.

Fenton no tenía problemas en asumir las responsabilidades de Killian. Era lo que hacía cuando él no estaba en el país o, desde que se había casado y había cambiado de costumbres, cuando se iba de vacaciones. El chirrido de la puerta al abrirse, a pesar de lo ruidosos que eran los clientes que abarrotaban el lugar, hizo que la mirada del vampiro se dirigiera a la anciana que entraba en ese momento. La vio observar a los presentes, y sorprenderse al no encontrar a quien había ido a ver, por eso supo que era ella. Fenton le hizo el gesto secreto que todos aprendían nada más entrar en la organización. Se puso la mano derecha sobre el corazón, con los dedos separados de la siguiente manera: por un lado, el gordo, el índice y el corazón juntos, y el meñique con el anular, por otro. En el siguiente recorrido visual, la desconocida vio su mano y lo miró a la cara sin que la de ella revelara nada, luego, se acercó a la mesa. Sin pedir permiso, se sentó a su lado; él habría jurado que lo haría frente a él, pero la anciana prefirió hacerlo con la espalda contra la pared y Fenton se sorprendió al aspirar su olor y sacudió la cabeza, pensando que su olfato lo engañaba.

La camarera, una vampira delgada y sucia con ojos saltones, se acercó a la anciana.

—¿Quieres algo? —La desconocida la observó durante dos segundos y Fenton, al ver su perfil por primera vez sintió algo extraño, un aleteo donde hacía tiempo que no sentía nada. Echó mano de su cerveza y bebió un largo trago esperando que se le pasara. Puede que hiciera demasiado que no bebía sangre.

—Lo mismo que él. —En cuanto escuchó su voz, el aleteo aumentó y sus sentidos se amplificaron. Sus colmillos crecieron descontrolados, algo que no le ocurría desde que era un adolescente imberbe. Respiró hondo y volvió a beber. Entonces, ella murmuró:

—¿Dónde está Killian? —La miró. Su cara no se correspondía con su voz.

—No ha podido venir, pero puedes hablar con confianza —lo interrumpió.

—¡No me mires!, ¿quién eres y por qué no ha venido Killian? —Fenton se maldijo interiormente por cometer el error de un novato y apartó la mirada, volviendo a vigilar al resto de los clientes.

—No creo que eso sea asunto tuyo. —Su mirada recorrió el local lentamente, esperando su contestación, pero no fue la que esperaba.

—Si no me das una buena explicación que justifique por qué no ha venido, me marcharé. Ya encontraré otro modo de localizar a Killian. —Fenton no lo dudó.

—Gabrielle, su mujer, ha perdido al niño que esperaba. Ha estado muy grave, pero el médico acaba de decirle a Killian que se recuperará. —La cara de ella cambió y sus ojos se humedecieron. Su voz perdió el tono débil que ella le imprimía al hablar y Fenton se dio cuenta de que lo había engañado. Era increíble, ya que había trabajado con verdaderos maestros del disfraz, pero ninguno era tan bueno como ella.

—Lo siento mucho. Díselo, por favor —suspiró, su actitud agresiva se había evaporado—. He descubierto quién es el *Maestro*. —Fenton la miró de reojo porque se había quedado en silencio, pero la supuesta anciana se había quedado absorta observando a cuatro hombres que bebían cerveza y hablaban en voz baja, sentados en una mesa situada en la otra punta del local—. Vamos. —Sacudió ligeramente el brazo de Fenton, con cierta urgencia, para que la hiciera caso—. Subamos a una de las habitaciones. Iré yo primero, tú paga la habitación y consigue la llave. —Antes de que pudiera preguntarle nada, se marchó. Atónito, llamó a la camarera y le pidió una habitación, y la muchacha de ojos saltones le dio una llave herrumbrosa con el número cuatro colgando de una cuerda. Con ella en la mano, Fenton subió por las escaleras desvencijadas, echando un último vistazo a los vampiros que habían hecho huir a la falsa anciana que, por cierto, lo esperaba al final de las escaleras, pegada a la pared.

—¿Crees que me han visto?

—No. ¿Los conoces?

—Desgraciadamente, sí. Ahora te diré quiénes son. — Quería esperar a encontrarse en la habitación.

Cuando abrió la puerta, la dejó pasar primero y se fijó que su manera de caminar había cambiado. Ahora lo hacía de forma elástica y fluida, propia de una mujer joven. Cerró la puerta y echó la llave para no tener sorpresas indeseadas.

La desconocida se sentó en la cama dejando a su lado una bolsa de tela que sujetaba en la mano izquierda. Llevando las manos hacia su nuca, se quitó la peluca de pelo blanco y dejó a la vista su pelo real, que era negro y estaba peinado en un moño. Luego, hizo lo mismo con los dientes falsos, y lo guardó todo en su bolsa. Después, lo miró.

—Perdona, pero no podía más. Es lo que peor llevo de los disfraces, las pelucas y los dientes falsos.

Él movió la cabeza afirmativamente, incapaz de hablar en ese momento. Ella sonrió, burlona.

—Eres de pocas palabras, ¿no?

—Eso parece. —Al menos había conseguido decir algo inteligible—. Te juro que me encantaría seguir hablando contigo, pero antes, debes contarme lo que sepas, por lo que pueda pasar. —Ella inclinó la cabeza y organizó sus pensamientos.

—La última vez que hablé con Killian, le dije que había encontrado un rastro que me podía conducir al *Maestro*. — Fenton, que estaba apoyado en la puerta de la habitación con los brazos cruzados, sintió que se le ponían los pelos de punta y abandonó su actitud aparentemente indolente, irguiéndose y entrecerrando los ojos.

—¿Quién eres? —Ella lo miraba fijamente sin contestar.

Fenton se acercó un paso, insistiendo con voz grave, aunque sin levantar la voz—: ¿Cómo te llamas?

—Killian me conoce como Ariel. Imagino que tú eres Fenton. Una vez me dijo que, si alguna vez no podía venir él a una cita, te mandaría a ti en su lugar.

Fenton estaba tan asombrado que contestó sin pensárselo:

—Sí.

¡No podía ser! ¿Ella era el misterioso Ariel? ¿El agente que había conseguido algunas de las informaciones, gracias a las que habían conseguido asestar los golpes más importantes a *La Hermandad*? Fenton no podía creerlo, aunque su aroma le decía que no estaba mintiendo. Sus colmillos volvieron a crecer al inhalar profundamente su aroma y se concentró en que disminuyeran, hasta alcanzar su estado de reposo habitual.

—Creía que… —Fenton se detuvo a tiempo al ver su gesto de irritación.

—¿Que Ariel era un hombre? Todos pensáis lo mismo. —Se encogió de hombros elegantemente—. Su significado me gusta: el León de Dios, y sirve igual para hombres y mujeres.

Su aroma le llegó otra vez. Era atrayente, hipnótico, adictivo. Fenton tenía todos los músculos rígidos por el esfuerzo que hacía para no acercarse a ella.

—¿Te ocurre algo? —Fenton cerró los ojos dándose cuenta de que había cometido un grave error, uno en el que no caía desde que era un jovenzuelo: no beber sangre desde hacía más de quince días.

Solía llamar a alguna de las suministradoras oficiales todas las semanas. Eran mujeres a las que se les pagaba generosamente por dejar que los vampiros bebieran de ellas, pero llevaba dos semanas sin poder hacerlo. Había pasado diez días en Francia sustituyendo a Killian en un viaje de trabajo y, cuando volvió, tuvo que incorporarse a una misión, ya que estaban escasos de agentes porque en los últimos tres meses habían perdido a cinco compañeros a manos de *La Hermandad*. Por lo tanto, a la falta de sangre había que sumar que estaba agotado, y cuando un vampiro estaba hambriento y agotado, era imprevisible.

La mujer avanzó hacia él y Fenton se alejó hacia el otro lado de la pequeña habitación. Levantó la mano para que no siguiera acercándose mientras sus colmillos volvían a crecer involuntariamente. Asustado por la posibilidad de hacerle daño, ordenó:

—¡No te acerques! —bajó el tono de voz para que no los escucharan desde fuera—. No puedo contenerme, ¿entiendes? Hace demasiado que no bebo… —se calló de repente. Le costaba concentrarse, estaba demasiado agotado. Abajo, con la excitación de la reunión, no lo había notado, pero, en cuanto habían subido las escaleras, su cuerpo se había negado a continuar funcionando sin que le proporcionara su alimento básico. Ariel volvió a acercarse a él mirándolo a los ojos, intentando averiguar si iba a atacarla. Fenton se estremeció sintiendo un extraño tirón dentro de él. Con la mirada oscurecida por el hambre supo que había algo que lo unía a ella y que siempre había estado ahí. Solo que no lo había notado hasta ese momento.

—¿Necesitas sangre? —a pesar de lo que le había dicho, no estaba asustada. Fenton se inclinó hacia ella con un gruñido. Estaba a punto de perder el control; se maldijo por haber aguantado tanto sin beber—. Ya me había parecido abajo que estabas demasiado pálido. Además, tienes muchas ojeras —dictaminó. Entonces, volvió a sorprenderlo y le dijo —: No te preocupes, te ayudaré, pero antes voy a ponerme cómoda. Imagino que así será más sencillo. —Actuaba de forma tan práctica que se quedó boquiabierto.

—¿Qué vas a hacer? —Toda su fuerza de voluntad estaba centrada en controlarse para no lanzarse sobre ella como si fuera un animal.

—Solo quitarme algo de ropa para poder moverme mejor, además, ahora mismo estoy demasiado tapada para que puedas acceder a mi cuello —bromeó.

A la vez que le contestaba, se quitaba un mantón de lana que ocultaba una falda y una blusa bastante ajadas. Bajo la mirada incrédula del vampiro, se quitó la blusa y así él pudo ver que llevaba una tela varias veces enrollada en el pecho, sujeta con un imperdible, lo que la hacía parecer más corpulenta de lo que era. Desenrolló la tela y se quedó cubierta con una camiseta de manga larga que se ajustaba a su cuerpo como una segunda piel, aunque no dejaba ver lo que había debajo. En las caderas, también debía estar utilizando el mismo truco de la tela, porque ahora parecían mucho más grandes en comparación con la parte de arriba. Por primera vez, la mujer se ruborizó y apartó la mirada al ver que la de Fenton brillaba de deseo.

—Creo que con esto es suficiente —murmuró.

De cintura para arriba se veía que era una mujer joven y delgada, bien formada, pero de cintura para abajo, parecía que le sobraban bastantes kilos. A Fenton su aspecto debería haberle parecido ridículo, pero solo podía mirar su cuello, blanco y apetitoso. Ya ni siquiera intentaba que sus colmillos se redujeran a su estado natural. Ella preguntó, dudando:

—¿Quieres que lo hagamos de pie?, ¿o… prefieres que nos sentemos? —En la minúscula habitación solo había una cama en la que solo podían tumbarse si estaban muy pegados el uno al otro. Estaba claro que los que la habían puesto ahí no lo hicieron pensando en que los clientes durmieran en ella.

—¿Por qué haces esto?

—Aprecio a Killian y él me ha hablado de ti. Te considera de su familia y para mí eso es suficiente. Además, haré lo que

sea necesario para acabar con *La Hermandad*. Cualquier cosa.
—No había que ser muy listo para darse cuenta de que este trabajo para ella era algo personal, pero ahora no tenía tiempo de averiguar más. Si no quería perder totalmente los estribos tenía que aceptar su ayuda.

—Será mejor si nos sentamos en la cama, no quiero ni pensar la suciedad que puede tener el suelo. Ven. —Lo hizo él primero, con la espalda apoyada contra la pared y las piernas extendidas y, al ver que ella dudaba, tiró de ella sentándola sobre sus muslos.

Observó sus rasgos delicados, a pesar de que no se había quitado los postizos que alargaban y ensanchaban su nariz, ni las enormes y falsas orejas rubicundas, pudo distinguir que era una mujer preciosa. Con el índice, rozó los pelos que se habían pegado a la barbilla.

—¿Y esto? —Sonrió, divertido, a pesar del hambre que lo corroía.

Ariel conocía su reputación con las mujeres. Antes de ingresar en *La Brigada* se había informado de todos los agentes, aunque le fue muy difícil conseguir información sobre algunos de ellos. Los que le hablaron acerca de Fenton le dijeron que era un amante generoso y apasionado, pero que rechazaba cualquier atadura romántica, aunque era absolutamente leal a su familia y amigos. Las manos de él que rodeaban su cintura, transmitían seguridad y protección. Ariel esperó a que su corazón se calmara un poco antes de contestarle:

—Todo el mundo sabe que las ancianas tienen pelos en la barbilla.

—¿De veras? —Pareció a punto de decir algo más, pero se distrajo e inspiró profundamente con los ojos cerrados—. Tu olor —gimió bajito—. Estoy seguro de que cuando nos separemos, tu olor me perseguirá durante mucho tiempo.

Ella carraspeó.

—No es que me haga mucha ilusión que me muerdas, pero yo diría que tenemos algo de prisa. Luego tendrás que descansar un poco. —Sabía que debían hacerlo después de consumir sangre y más en el caso de Fenton, que estaba tan cansado—. Luego te contaré todo lo que he descubierto.

—Como desees. —Su mirada la hizo ruborizar de nuevo. Fenton recorrió el pómulo femenino con un dedo y descendió hasta el cuello, acariciando el pulso de su sangre. La boca se le hizo agua, a pesar de la sequedad que sentía en la boca. Imaginó cómo sería su sabor y estuvo a punto de morderla ya, pero no quería tratarla como a una donante cualquiera.

—¿Es tu primera vez? —Se le acababa de ocurrir que otro vampiro podría haber bebido de ella y por eso había apretado la mandíbula, irracionalmente enfadado.

—¿A qué te refieres? —No lo entendía.

—¿Algún otro ha bebido de ti?

—No. —Decía la verdad y él respiró más tranquilo, sin plantearse por qué se sentía posesivo con una mujer por primera vez en su vida. Le desabrochó algunos botones más, hasta que abrió la blusa totalmente y pudo vislumbrar sus pechos cubiertos por una camisola. Sus pezones se transparentaban y contuvo un gruñido al verlos.

—¿Eso es necesario? —Estaba incómoda, lo que era natural, pero Fenton compuso su expresión más inocente.

—De esa manera, tu ropa no se manchará de sangre.

—Está bien.

Aprovechando su docilidad, la besó en la boca y su lengua acarició la de ella, mientras que su mano se recreaba en su pecho derecho, palpándolo y tirando suavemente del pezón. Luego, lamió su vena buscando insensibilizar la zona para que no le doliera, y la mordió.

Su sabor era exquisito, había sido hecho para él y bebió de ella con gula. Se coló en su mente para tranquilizarla y siguió bebiendo un poco más, lo imprescindible para reponerse un poco. Cuando iba a apartarse de su cuello, ella se abrazó a él para que no lo hiciera.

—¡No, no te vayas!, nunca hubiera imaginado que... ¡es increíble! ¡Jamás había sentido algo parecido! —Él sabía a lo que se refería y metió la mano bajo su falda hasta encontrar su rincón más escondido, y después el clítoris. Lo acarició suavemente, y ella se recostó sobre su pecho en actitud de abandono, agarrándose a su brazo. Fenton observaba, maravillado, el placer que revelaba su rostro.

—¿Te gusta, pequeña ninfa? —Ella lo miró, pero no estaba en condiciones de contestar—. Siendo niños, nuestros padres nos trajeron a mi hermano y a mí varias veces de visita a Dublín. En una ocasión, nos llevaron a la Galería Nacional. Yo me aburrí muchísimo, hasta que vi un cuadro en el que aparecía una mujer muy hermosa encadenada a un árbol. Era una dríade. ¿Sabes lo que son? —Ella negó con la cabeza, deseando que él moviera su mano más deprisa—. Son ninfas de los bosques y sus vidas duran tanto como las de los árboles a los que están unidas. Cada vez que venía a Dublín volvía a ver el cuadro y tú me recuerdas a la mujer del cuadro. —Aceleró sus movimientos y Ariel abrió la boca, a punto de gritar, pero él la besó para aplacar el sonido. Después, se quedó desmadejada entre sus brazos. Fenton lamió las marcas de sus colmillos para acelerar la cicatrización y la observó. Ella también lo observaba, intentando averiguar qué era lo que él ocultaba con tanto ahínco.

—Ha estado bien. —Fenton soltó una carcajada al escuchar cómo calificaba el que parecía ser el primer orgasmo que había sentido. Más recuperada, observó lo agotado que estaba él y se levantó.

—¿Cuánto tiempo tienes que dormir? —Comenzó a envolverse la tela alrededor del pecho.

—Media hora será suficiente.

—Esperaré sentada en el suelo. —Él se levantó antes de que ella pudiera reaccionar y atrapó su muñeca besándola en la parte interna, donde sus venas azules se transparentaban bajo la piel pálida y suave.

—Gracias, Ariel. —Ella sonrió quedamente y sus ojos verdes brillaron. Fenton no entendía cómo podía haber sido tan obtuso para no haber visto su belleza desde el principio —. Ven. —Tiró de ella—. Duerme conmigo, aunque las bolsas de tus ojos no son reales, siento tu cansancio.

—Ahí no cabemos los dos.

—Ya verás como sí, nos pegaremos tanto que pareceremos un solo cuerpo —ronroneó, lo miró con los ojos entrecerrados, pero lo veía tan agotado que cedió.

Ariel se acostó casi en el filo de la cama, pero él la atrajo hacia sí para que estuviera más cómoda, enroscando el brazo alrededor de su cintura. Somnoliento, le dio un beso en la nuca y ordenó:

—Duérmete. —Obedeció con un profundo suspiro y él la imitó enseguida.

Treinta minutos después, Fenton abrió los ojos y rozó la nuca femenina con su nariz. Se confesó totalmente seducido por esa misteriosa mujer y se permitió disfrutar de su cercanía durante unos segundos, antes de despertarla. Lo hizo con un mordisco juguetón en el cuello que provocó un gemido de Ariel. Con voz soñolienta, volvió la cabeza para poder verlo:

—¿Ya ha pasado la media hora? —Le parecía que acababa de cerrar los ojos cuando la había despertado.

—¿Quieres que nos quedemos un poco más?

—No, no puedo llegar tarde al trabajo. —Se sentó en la cama y se desperezó—. No suelo dormir tan profundamente; hacía mucho tiempo que no me sentía tan segura. Gracias, Fenton. —Se levantó de la cama y se colocó la ropa.

Pero a él no le gustó lo que había detrás de sus palabras y se levantó, cogiéndola del brazo para que lo mirara.

—¿Temes estar en peligro? ¿Acaso desconfían de ti? —Ella negó con la cabeza.

—Todavía no, pero han empezado a sospechar que tienen un topo en la casa.

—¿Ese *Maestro* vive solo?, ¿tiene familia? —Los dos sabían que había llegado el momento de que ella hablara.

—Es viudo, pero tiene una hija —murmuró. Fenton abrió los ojos como platos.

—¿Una hija? ¡Esa información es muy importante, es un punto débil! —Ariel lo agarró, muy enfadada.

—¡Ni se te ocurra hacerle nada! —Cuando se dio cuenta de que había levantado la voz, intentó calmarse—. Esa muchacha es otra víctima de ese monstruo. Tiene un gran corazón y su padre la castiga constantemente por ello. Me he prometido que la ayudaré en lo que pueda.

—¿Es muy joven?

—Tiene veinte años, pero es muy inocente. Ha estado varios años interna en el extranjero, de donde volvió poco antes de que yo entrara a trabajar en la casa. Si le haces daño… —amenazó, enfurecida.

—Cálmate, yo no soy el enemigo. Nunca haría daño a una inocente. —Se sintió culpable al ver lágrimas en sus ojos—. ¿Qué te ocurre? No es solo por ella, ¿no? Cuéntamelo, puedes confiar en mí. —Ariel apartó la mirada para que no pudiera descubrir su secreto. Ya había adivinado demasiado.

—Me iré enseguida, de modo que, si quieres que te cuente lo que he descubierto, este es el momento. —Intentó sujetarla del brazo otra vez, pero ella lo sacudió para que la soltara.

—Ariel —susurró.

Nunca le había suplicado a una mujer y estaba sospechosamente cerca de hacerlo ahora, pero no por lo que pudiera contarle, sino porque quería calmar su dolor, que le dejara abrazarla ¿Qué le estaba pasando?

—No. —Seguía sin mirarlo.

—Mírame. —Obedeció intuyendo que, si no lo hacía, no saldrían de allí. Parecía más serena, pero seguía sintiendo su fragilidad.

—Si no quieres que te lo cuente, me marcharé. —Fenton gruñó, resistiéndose a la idea. Algo que ella vio en su cara provocó que se sincerara en parte.

—Por favor, Fenton. Tengo que marcharme. Debo volver a la casa antes de que anochezca. Para venir cada quince días utilizo las pocas horas libres que tengo. —Él respiró hondo y claudicó.

—¿Qué trabajo haces allí?

—Después de meses buscando la forma de entrar, conseguí hacerlo como doncella. Y no voy a permitir que nada ni nadie me lo estropee —advirtió.

Fenton se sentó de nuevo en la cama, eludiendo la amenaza implícita en su frase.

—¿Dónde está esa casa? —Lo miró sin contestar y él resopló, porque los dos sabían que lo averiguaría—. Está bien, entonces dime lo que has descubierto. —Antes de hacerlo, Ariel se puso la peluca y los postizos que se había quitado al entrar en la habitación y luego se quedó de pie, mirándolo.

—El *Maestro* es Joel Dixon. Lo sé desde hace unos días, pero hasta hoy no he podido salir de allí para decíroslo.

—¿El profesor? —ella asintió y se explicó al ver su cara de desconcierto.

—Killian empezó a sospechar de él hace poco.

—¿Por qué no me ha dicho nada? —Ella se encogió de hombros.

—Cuando se le ocurrió, tú estabas fuera. Me contó que habías tenido que hacerte cargo de su trabajo además del tuyo y que, hasta que no estuviera seguro de que Dixon era el *Maestro*, no te diría nada.

Era cierto, antes de Francia, Fenton había estado varias semanas de viaje, sustituyendo a Killian que se había tenido que quedar junto a Gabrielle. Esos viajes tenían como objetivo mantener reuniones con jueces y autoridades policiales de otros países, que habían observado que *La Hermandad* estaba actuando en su territorio. Había dejado de ser un problema irlandés y entre todos estaban buscando la forma de luchar contra la organización.

Ariel pensó que se había enfadado.

—Estoy segura de que sabes que confía plenamente en ti. Dice que eres el hombre más capaz que ha conocido y el mejor agente de *La Brigada*. —Él siguió en silencio y ella continuó con su relato—: Hasta esta semana no había ocurrido nada interesante en la casa, pero, hace dos días, Dixon tuvo una reunión con Jack y Curtis, los dos pelirrojos que estaban abajo. Como no se imaginaban que alguien podía estar escuchándolos, hablaron con total libertad. Por eso no quería que me vieran, me conocen de la casa.

—¿Sabes cómo se apellidan?

—No, ni siquiera estoy segura de que esos sean sus nombres verdaderos, pero por lo que pude oír, deben ser sus ejecutores de más confianza.

—Sigue.

—Los escuché decir que tienen gente infiltrada en la policía, en el Gobierno, en correos... —su frente se arrugó, recordando— y lo más importante: Dixon ordenó asesinar a Gabrielle, la mujer de Killian, a Amélie, su pupila, y a una tal Kristel, una bibliotecaria a la que, según dijeron, protege un juez. Planean terminar con todas las humanas o híbridas que estén emparejadas con un vampiro. Es un ser cruel y perverso que no se detendrá ante nada y sus seguidores harán lo que él diga sin dudarlo un momento. Es un demonio muy peligroso. —Fenton se pasó la mano por el pelo rubio, despeinándose, pensando en las tres mujeres sentenciadas.

—Tenemos que avisarlos enseguida. —Ella entendió lo que le pedía, que lo acompañara. Pero no tenía más remedio que negarse.

—Hay algo más. Hablaron sobre unos pergaminos.

—¿Qué? —¡No podía ser!

—¿Sabes a qué pergaminos se refieren?

—Sí.

—Pues han conseguido hacerse con ellos mediante un engaño; y por la forma que tenían de hablar sobre ellos, son muy importantes.

—Tenemos que ir a ver a Killian enseguida. ¡Vamos!

—No puedo acompañarte. Tengo que volver.

—Pero ¿qué dices? Si se dan cuenta de que eres humana…

—Allí solo contratan a humanas para los puestos más bajos de la casa, piensan que de esa manera nos humillan, pero no llamo su atención, no te preocupes. Por eso llevo este disfraz para que no me miren dos veces. —Al ver su gesto de tozudez, puso la mano en su brazo—. Mira, no nos conocemos de nada, pero siempre soy cuidadosa. Ahora no puedo dejarlo, no cuando he conseguido entrar en la casa del *Maestro,* es la única manera que tenemos de enterarnos de lo que ocurre.

Fenton asintió, a su pesar.

—Sé que tienes razón, pero no quiero que vuelvas.

Ella terminó de arreglarse y, sin permitirse volver a mirarlo, le dijo:

—Dentro de quince días aquí, a la misma hora. Espera unos minutos después de que yo me haya marchado antes de salir.

Antes de que abriera la puerta, él cogió su cara entre las manos y recorrió sus rasgos con la mirada durante un largo minuto. En ese momento, ella sintió de verdad tener que marcharse, pero debía hacerlo, lo que había en riesgo era demasiado importante.

Fenton acarició su boca con los labios hasta que ella dejó que su lengua entrara y, después de besarla concienzudamente, se separó de ella sin ganas y se despidió, obligándose a dejarla marchar:

—Aquí estaré. —La miró—. Ten mucho cuidado, Ariel.

CAPÍTULO 11

Kirby la despertó con el desayuno. Luego, la ayudó a lavarse y a vestirse como si fuera su doncella, a pesar de las quejas de Kristel que insistía en que podía hacerlo sola. Cuando terminaron, salieron al jardín a esperar el carruaje, y se sentaron en un banco que había junto a la casa. Kirby, que seguía empeñado en llevar siempre su bolso de viaje porque decía que era muy pesado, lo dejó a sus pies antes de hablar:

—¿Has dormido bien?

—Sí. La calle donde yo vivo es tranquila, pero no es comparable a esto. —Su mirada se detuvo un momento en el bolso y él adivinó lo que estaba pensando.

—¿Te apena tener que devolverlos? —Kristel se encogió de hombros.

—Mi padre dedicó toda su vida a buscar los pergaminos perdidos —susurró.— Si él hubiera sabido que yo podría examinarlos algún día… —suspiró, y Kirby cogió su mano entre las suyas.

—Estaría muy orgulloso de ti, como lo estoy yo. —Ella se ruborizó bajo su apasionada mirada.

—Todavía no he podido entender ni una palabra —se quejó, frustrada.

—Lo harás, no tengo ninguna duda. —La besó en la frente y se apartó. Tenían que hablar—. Kristel, ¿cuándo vas a volver a Dublín? —Ella apartó la mirada, dolida.

—No sabía que tenías tanta prisa por perderme de vista.

—Cariño, mírame. —Se colocó en cuclillas ante ella—. ¿Cómo puedes pensar algo así? Lo que más deseo en el mundo es que te quedes conmigo para siempre. —Lo sorprendió ver que parecía a punto de llorar—. ¿Qué te pasa?, ¿tan mal he sabido explicarte cuáles son mis sentimientos? —Sorprendiéndole, se echó en sus brazos, agarrándose fuerte a su cuello.

—Lo siento. Desde que me he levantado esta mañana, me siento algo extraña. —Lo cierto era que se había despertado sintiéndose tan feliz, que estaba asustada.

—No llores. —La apartó un poco y limpió sus lágrimas con los dedos—. ¿Quieres quedarte en mi casa mientras traduces los pergaminos? Así puedes consultar los originales cuando lo necesites. —Se le había ocurrido esa excusa sobre la marcha, pero, si era necesario, podía inventar más—. Hablaré con los del museo para que no haya problemas. — Kristel lo besó en la boca, emocionada, al pensar en que no se separarían enseguida.

—¡Me encantaría!

—Entonces, solucionado. —Los dos miraron hacia el camino, por donde se escuchaba llegar el carruaje.

Después de devolverle los pergaminos a Brenda, volvieron a Cork. Kirby la tuvo abrazada todo el viaje, mientras hablaban en susurros entre ellos, felices por poder pasar más tiempo juntos.

Cuando llegaron, Kristel se instaló en el despacho que Kirby tenía en su casa. Él se marchó al juzgado, pero antes habló con su mayordomo a solas encomendándole la seguridad de Kristel.

—Alfred, quiero que siempre haya algún sirviente cerca de la señorita Hamilton. —El sirviente permanecía en silencio—. Además, no va a recibir visitas hasta que yo vuelva. Ya lo he hablado con ella y está de acuerdo.

—Así se hará, señor. No se preocupe.

Alfred no era un mayordomo cualquiera. Antes de ejercer su actual profesión había sido soldado en el ejército y sabía pelear, además, tenía muy buena puntería. Kirby se marchaba al trabajo tranquilo.

—¡Ah! Y coge una de mis pistolas, solo por si acaso.

Despachó algunos de los asuntos pendientes durante la mañana y, aunque había pensado volver a su casa para comer, envió un mensaje a Kristel porque surgió un asunto importante que no pudo dejar de atender. Había anochecido y estaba a punto de marcharse a casa, cuando apareció Devan en el juzgado. Y estaba bastante borracho. Se sentó frente al juez y Kirby le dijo al oficial que había intentado impedirle la entrada, que no pasaba nada. Cuando el empleado se marchó, se reclinó en la silla esperando que hablara. Sabiendo, por qué estaba tan borracho.

—¿Has hablado con ella? —La sonrisa irónica de Devan le dijo que no, pero él mismo se encargó de aclarárselo:

—No quiere saber nada de mí. —A pesar del olor a alcohol que desprendía, no hablaba como un borracho—. ¡Como si hubiera sido yo el que la hubiera traicionado! ¡Hay que joderse! —Kirby siguió callado, escuchándolo; Devan no parecía necesitar que él dijera nada. De repente, su tono de enfado se transformó en uno de angustia—. Tengo que volver a Dublín… ¡no soporto estar tan cerca de ella! Haberla visto y poder tocarla, es la peor de las torturas —murmuró, decaído.

—De momento, lo que tienes que hacer es acostarte. —Su

animadversión hacia él había desaparecido totalmente desde que se había enterado de que estaba enamorado de otra.

—No es necesario que me acompañes, cogeré un coche y volveré al hotel.

No le hizo caso. Kristel le había dicho cuánto lo apreciaba y ella no querría que estuviera solo en un momento así. Lo ayudó a subir al coche al ver que se tambaleaba ligeramente y se lo llevó a casa.

∿

CUANDO FENTON SALIÓ de la taberna, tomó un coche de alquiler y fue a casa de Killian. Su amigo estaba en el despacho, sentado en su sillón preferido junto a una ventana abierta, por la que entraba el frío aire invernal. Tenía los codos apoyados en las rodillas y la cabeza inclinada hacia el pecho. Fenton, notando el frío de la habitación, despidió al mayordomo y se acercó a cerrar la ventana. Killian le dedicó una rápida mirada en la que su amigo observó las ojeras negras que cercaban sus ojos, además de verlo más delgado. Se sentó frente a él, y el juez se irguió con un suspiro.

—¿Quieres tomar algo? —Fenton negó con la cabeza, pero se levantó.

—No, pero por lo que veo, tú lo necesitas. —Con la confianza que le daba su amistad, le sirvió una copa. Killian bebió un trago corto y la dejó sobre la mesa y Fenton volvió a sentarse frente a él. Esperó.

—He estado a punto de perderla, y si eso hubiera ocurrido, no podría seguir viviendo. Habría elegido seguirla. Lo haría mil veces antes que vivir sin ella. —Sacudió la cabeza intentando concentrarse—. Perdona, Fenton, ¿has hablado con Ariel?

—¿Por qué no me dijiste que era una mujer? —Su débil sonrisa le confirmó que lo había hecho a propósito.

—Me pareció mejor que asistieras a la cita sin estar avisado. —Fenton entrecerró los ojos.

—¿Qué estás tramando?

—No sé a qué te refieres.

—Killian, nos conocemos hace mucho tiempo.

—Cuéntame lo que te ha dicho. —Hizo un gesto con la mano para que supiera que no iba a decir nada más—. Ariel nunca va a una reunión con las manos vacías.

—Ha podido confirmar que el *Maestro* es Joel Dixon. —Killian no dijo nada, pero sus labios se afinaron y un par de llamas rojizas aparecieron en el fondo de sus ojos. —Escuchó una conversación entre él y dos de sus hombres, a los que después reconoció en la taberna.

—¿Sabes los nombres?

—Son dos pelirrojos llamados Jack y Curtis. Pero no conoce sus apellidos, aunque dice que son habituales de la casa de Dixon. —Killian arrugó la frente, recordando.

—Sé quiénes son. —Su cuerpo se había puesto rígido—. Archer y esos dos siempre estaban juntos.

—¿El que secuestró a Amélie?

—Sí. Seguramente ayudado por esos dos despojos. —La expresión de dolor había desaparecido de su rostro, reemplazada por una de furia—. ¿Qué más te ha dicho?

—Dixon ha ordenado a esos hijos de puta que… —inspiró antes de decírselo— maten a Gabrielle, a Amélie y a Kristel. —Aunque esperaba su reacción, no estaba preparado para el gesto de crueldad que apareció en su rostro.

—Como sabes, tanto Cian como yo, hemos doblado la seguridad de nuestras casas. Desde el secuestro de Amélie, ni ella ni Kristel van nunca solas a ningún sitio. Esto solo confirma nuestros peores temores —masculló—, que los siguientes objetivos de *La Hermandad* son nuestras parejas, lo que ese bárbaro considera nuestro talón de Aquiles. Así piensa ganar esta guerra.

—Podemos hablar con la policía humana. Tiene que haber alguna conexión que lo relacione con los crímenes cometidos por *La Hermandad*. —Killian movió la cabeza con desesperanza.

—Necesitamos más información. Si se da cuenta de que conocemos su identidad, podemos provocar que sospeche de Ariel y ya sabes lo que ocurriría.

—Pero...

Killian parecía extenuado, pero su voz era tranquila al decir:

—Sabes que Dixon es amigo íntimo del primer ministro británico. Han sido compañeros de colegio —Fenton gruñó, enfadado—. Lo único que podemos hacer es buscar pruebas que lo inculpen y llevarlo ante la policía.

—No me gusta nada que Ariel este allí, sola.

—A mí tampoco, pero ella no permitiría que la apartáramos del caso y, seamos honestos, si ella se marchara, no tendríamos posibilidad de cambiarla por nadie.

—Lo sé. —Se pasó la mano por el pelo.

—¿Cuándo has quedado con ella?

—En quince días. Me gustaría seguir yendo yo a verla...

—De acuerdo. —Le echó una rápida ojeada y sonrió levemente, pero no hizo ningún comentario.

—Mientras tanto... hay que decírselo a Cian. En cuanto a Kristel...

Su amigo lo interrumpió:

—Vete a informar a Cian; después, quiero que vayas a Cork y hables con Kirby. Kristel está en su casa, ha ido para estudiar los pergaminos.

—¿Tienes suficientes hombres aquí?

—Cian me mandó a cuatro de los suyos hace semanas, dos para el día y dos para la noche. Sabe que todavía no hemos podido reponer las bajas de *La Brigada*. Él también ha reforzado la vigilancia en su casa y en el club. A Amélie la siguen cuatro hombres a donde va. No vamos a correr ningún riesgo. ¿Quieres contarme algo más?

—Solo que aún no me he repuesto de la sorpresa. No se me había ocurrido que Ariel fuera una mujer y es tan valiente que asusta.

—Lo sé. Es uno de nuestros mejores agentes.

—Me ha explicado el significado de su apodo.

—Sí. —Killian se acarició la barbilla—. «El león de Dios» me pareció apropiado porque, si llegaba algún rumor a *La Hermandad* sobre su existencia, todos pensarían que se trataba de un hombre.

—Muy listo. —Killian se encogió de hombros y Fenton recordó algo—. ¡Ah, se me olvidaba! También escuchó a Dixon decir que habían conseguido hacerse con los pergaminos.

—¿Cómo?

—Habló de un engaño a través de un museo, pero no dio más detalles.

—Razón de más para que viajes lo antes posible a Cork y hables con Kristel y Kirby. Allí podrás averiguar si es cierto. ¿Cómo está Ariel? —Fenton entrecerró los ojos, pensando.

—Bien, parece… decidida a hacer lo que haga falta. Me preocupa, y mucho.

—Y a mí —suspiró—, pero la necesitamos. Lo que está en juego es demasiado importante.

—Lo sé. —Se levantó y su amigo lo imitó—. Me voy ya. Tengo mucho que hacer si quiero salir hoy para Cork. —Se abrazaron—. Dale un beso a Gabrielle y dile que espero que se recupere pronto.

—Lo haré.

—Y, si necesitas lo que sea, no dudes en decírmelo.

—Gracias. —Por un momento, Fenton pudo vislumbrar en su rostro cuánto había sufrido y le dio un apretón cariñoso en el hombro.

—Volveré cuanto antes, pero si tienes noticias de Ariel, avísame, por favor.

—Lo haré. Cuídate.

—Tú también.

Después de que se marchara, Killian subió a ver a su mujer. Estaba dormida, pero se acercó a la cama y se sentó en la silla donde había estado tanto tiempo sentado últimamente. Ese era el único sitio donde quería estar.

—Hola —tenía la voz tan ronca que no parecía la suya. Sonriendo, Killian se arrodilló junto a la cama cogiendo sus manos entre las suyas.

—Hola, preciosa. ¿Cómo estás? —Sus ojos recorrieron lentamente el rostro de su marido, odiando la tristeza que veía en él.

—Estás más delgado, ¿has comido algo hoy?

—Claro que sí, no te preocupes por eso. Me alimentaba muy bien antes de que tú llegaras a mi vida. —Gabrielle levantó la mano y le apartó un mechón de la frente.

—Y tienes el pelo más largo que nunca, al menos desde que te conozco.

—Lo importante es que te guste.

—Me encanta —contestó.

—Entonces, todo está bien. —Se inclinó y dejó un beso suave en sus labios. Los ojos de Gabrielle se llenaron de lágrimas, emocionada.

—Túmbate conmigo, amor mío.

Él aceptó, asombrado, porque su mujer supiera que lo que más necesitaba en ese momento era abrazarla. Se acostó junto a ella y pudo respirar profundamente por primera vez en días. Más tarde pensaría en cómo exterminar a las bestias salvajes que querían destruir a la única persona que hacía que su corazón siguiera latiendo: su mujer.

FENTON NO CONOCÍA a los dos gorilas que Cian tenía vigilando la entrada del jardín de su casa, por eso lo hicieron esperar, hasta que el dueño de la casa se acercó a la verja y los dos vampiros se saludaron afectuosamente; después, Cian le dijo que lo siguiera. Mientras caminaban hacia la casa por un camino formado por pequeños guijarros blancos, Fenton reconoció un ruido característico de palos chocando entre sí, que procedía de su izquierda y sonrió.

—¿Amélie y Lee están practicando? —Cian suspiró.

—Sí, pero ya están terminando. —Habían llegado al pie de las escaleras de la mansión, cuando pudieron ver al maestro y a su alumna en plena clase de kung-fu.

—Todavía no me acostumbro a verlos. —Estuvieron unos minutos observando la elegancia y rapidez con que se movía la pareja. Fenton, al igual que el resto de los agentes de *La Brigada,* había aprendido a utilizar algunos movimientos básicos de kung-fu que le había enseñado Killian, pero esto era diferente—. Es impresionante. Parece que estuvieran bailando.

—La primera vez que los vi, creí que se me paraba el corazón. Temía que a Amélie no le diera tiempo a apartarse de alguno de los ataques de Lee, pero con el tiempo he aprendido a confiar en los dos, aunque todavía me cuesta. —Seguía mirándolos, pero en ese momento giró la cabeza hacia Fenton—. Si le dices algo alguna vez, te mato. Mi mujer piensa que soy demasiado protector con ella. —Fenton hizo una mueca irónica, pero se mantuvo en un prudente silencio y Cian volvió a suspirar—. Vamos a la sala. Allí tendremos intimidad. —Antes de que entraran vieron cómo Lee derribaba a Amélie, haciéndola caer bocarriba, aunque ella se levantó de un salto en cuanto su espalda tocó el suelo.

—¿De verdad no sientes nada al verla caer? —Cian entró en la casa encogiéndose de hombros con aparente despreocupación.

—Aprieto los dientes cada vez que ocurre, pero estoy de acuerdo con que aprenda a defenderse lo mejor posible. Las noches en las que ha tenido clase, reviso su cuerpo minuciosamente por si tiene algún golpe nuevo que me ha ocultado. Y por supuesto, si quiero seguir manteniendo la paz en mi casa, no puedo decirle a Lee que sea más cuidadoso.

—A riesgo de que me rompas la nariz te diré que, si Lee fuera delicado con ella, no la ayudaría —explicó Fenton.

—Mi parte lógica lo entiende, pero explícaselo a la parte de mí que no soporta verla sufrir —gruñó—. Siéntate, ¿quieres tomar algo?

—No, gracias. Vengo de casa de Killian.

—Por tu cara, no son buenas noticias. Pero, antes que nada, dime cómo está Gabrielle.

—Mejor, pero Killian... no está bien. Se encuentra muy afectado.

—Lo sé. Amélie y yo estuvimos ayer visitándolos. —Apretó los labios al recordar cómo se había derrumbado Killian, cuando los dos estaban a solas en su despacho. Su mirada fría y dura le dijo a Fenton que esperaba que le trajera malas noticias—. Dime qué te trae por aquí.

—Hoy he visto a uno de nuestros agentes, que me ha confirmado quién es el *Maestro.*

—¿Killian tenía razón? —Fenton intentó no molestarse por el hecho de que Cian conociera las sospechas de Killian y él no, pero no tenía tiempo para ese sentimiento.

—Sí, es Joel Dixon.

—¡Joder! —Miró hacia su mujer a través del cristal. Amélie estaba riendo a carcajadas porque había conseguido dar un golpe a Lee.

—Hay algo más. —Los ojos de Cian habían empezado a velarse de rojo, pero debía decírselo—. Ha ordenado a dos ejecutores asesinar a tu mujer, a Gabrielle y a Kristel.

Cian se levantó de golpe y una onda de energía gélida salió de su cuerpo atravesando a Fenton.

—¡Mataré a ese hijo de puta antes de que le toque un pelo! —bramó.

Se colocó frente a la ventana mirando el jardín donde seguía su mujer, intentando respirar lenta y pausadamente hasta que sintió que podía volver a hablar con normalidad; entonces se volvió hacia Fenton y este pudo ver que sus ojos se habían teñido de rojo y que su voz sonaba mucho más ronca que antes.

—¿Quién es el agente que tenéis en casa de Dixon? ¿Es de fiar?

—Ariel.

—¡Joder! —Por lo que veía, Cian también había oído hablar sobre él—. Entonces, seguro que es Dixon. ¡Ese cabrón!

—Tengo que irme. Debo ir a avisar a Kristel. —Cian entrecerró los ojos.

—Tráela de vuelta, quiero que se quede en casa hasta que pase el peligro… a Amélie y a ella les gustará estar juntas.

—Se lo diré, pero es posible que Kirby tenga algo que decir —Cian asintió, entendiéndolo.

—Devan está con ella. Cuéntaselo todo y dile que vuelva en cuanto pueda. Fenton, antes de marcharte, ¿qué plan tenéis?

—Killian no quiere hacer nada todavía, para que no se imagine que sabemos quién es. La idea es que actuemos con normalidad hasta que consigamos algo contra él. Cian —intentó calmarlo al ver su cara—, Ariel está infiltrado en su casa buscando pruebas y podríamos ponerlo en peligro…

—¿Es una puta broma? ¿No vamos a hacer nada? —Fenton entendía que se enfadara, pero eso no conducía a nada. Se acercó a él y le puso la mano en el hombro, pero no le dio tiempo a abrir la boca porque los interrumpió una voz extremadamente educada:

—Hola, Fenton Strongbow. —El anciano Lee Ping siempre lo llamaba con el nombre y el apellido completos, sonriendo al hacerlo, como si disfrutara de una broma que solo conocía él. Fenton se inclinó para saludarlo sin darle la mano, ya que sabía que no le gustaba que lo tocaran. Ese privilegio solo lo tenían Killian y Amélie.

Lee Ping se acercó a Cian y se detuvo frente a él, observándolo en silencio. El irlandés rozaba los dos metros de estatura, era moreno y muy corpulento y el anciano chino no superaba el metro sesenta, estaba muy delgado, tenía el pelo blanco y muy largo, y lo llevaba peinado en una trenza.

—La clase ha terminado y la ardilla ha ido a cambiarse de ropa. ¿Qué ha hecho que su marido grite como una grulla cortejando a su pareja? —Esperó hasta que Cian le dijo lo que quería saber, incluyendo varias expresiones malsonantes dirigidas al *Maestro*. El chino no dijo nada, ni siquiera cambió el gesto de su cara, solo se atusó la barba blanca durante unos instantes y le dio tres suaves golpes en el hombro a Cian con los tres dedos centrales de la mano derecha unidos. Era un gesto extraño que Fenton no entendió, pero que consiguió tranquilizar a Cian.

—Maestro de kung-fu acepta tu invitación para pasar unos días en tu casa. —Sonrió enseñando sus escasos dientes, dejando a Cian boquiabierto.

—¿Qué invitación? —Pero era tarde, Lee ya salía de la habitación.

—Diré a ardilla que envíen a recoger mis cosas. Me quedo en habitación de planta baja. Mejor para no molestar. —Amélie entró en la habitación poco después y se quedó mirando a su marido con los brazos cruzados.

—Lee dice que le has invitado a pasar unos días aquí. —Cian se acercó a ella y la abrazó, murmurando algo en su oído. Amélie, al principio se quedó rígida, pero luego, subió los brazos rodeando con ellos la nuca de su marido. Cuando se separaron, ella estaba un poco más pálida, pero sonrió a Fenton antes de darle un beso en la mejilla.

—Gracias por venir a avisarnos. —Él inclinó la cabeza, pesaroso. Tenía mucho cariño a Amélie; por ser la pupila de Killian, había tenido mucha relación con ella.

—Ojalá esto solo fuera una visita entre amigos. —El reloj dorado que había sobre la chimenea de mármol le advirtió de la hora—. Tengo que marcharme ya, si quiero coger el tren de la tarde para Cork.

Salió dejándolos cogidos de la mano, observando su marcha. Cuando se escuchó el ruido de la puerta de la calle, Amélie se abrazó a Cian con fuerza provocando un estremecimiento en el cuerpo del vampiro. Lo besó en el cuello y murmuró:

—No estoy asustada, no te preocupes. Killian y tú me habíais preparado y sé que habéis tomado todas las medidas posibles para que no me ocurra nada. —Pero estaba preocupada por él, porque no se despegaba de ella desde hacía semanas—. Sé que estás dejando de lado tu trabajo por estar más tiempo conmigo y no quiero que lo hagas. —Lo miró a la cara, las llamas rojizas empezaban a desvanecerse—. Quiero que nos vayamos unos días a vivir al club. Hay sitio de sobra y no tendrás que preocuparte por mí, aunque estés trabajando. —Él volvió a enterrar la cara en su cuello inhalando profundamente.

—No sé qué habré hecho para tener tanta suerte contigo.

—Yo tampoco —bromeó ella, antes de responder al feroz beso que él le dio en la boca. Cuando se separaron, respirando agitadamente, él dijo:

—¿Y Lee?

—Que duerma en la habitación que hay frente a la nuestra, el resto de los hombres pueden dormir en las que hay junto a la cocina.

—Está bien, así se hará. Pasaremos aquí solo los fines de semana durante una temporada. —Cogiéndola de la mano, se sentó en el sillón desde donde solía verla practicar y la sentó en su regazo. Ella se recostó sobre su pecho y los dos miraron el jardín en silencio durante largo rato.

CAPÍTULO 12

Kirby se bajó primero del carruaje al llegar a su casa y ayudó a Devan a hacerlo sin caerse ya que, a pesar de que decía que podía andar solo, no era cierto; pasando el brazo izquierdo de su invitado por encima de sus hombros y sujetándolo por la cintura, pudieron subir los escalones de su casa sin demasiados tropiezos. Su mayordomo abrió los ojos como platos y, sin que le pidiera ayuda, cogió a Devan por el otro lado. Entre ambos lo subieron a su habitación y, cuando se derrumbó en su cama, se quedó dormido instantáneamente. Kirby, entonces, preguntó por ella:

—¿La señorita Hamilton sigue trabajando?

—Sí, señor. No se ha movido del despacho, y siento decir que no ha comido casi nada en todo el día, solo un sándwich al mediodía. Y ni siquiera ha salido de esa habitación para hacerlo. —Kirby lo esperaba. Como solía ocurrirles a los eruditos, solían enfrascarse tanto en sus estudios cuando encontraban algo que les apasionaba, que no cuidaban de sí mismos. Pero ahora lo tenía a él.

—Me ocuparé de que coma. ¿La cena ya está preparada?

—Sí, señor.

—Cenaremos en mi habitación. Y no necesitaremos a nadie que la sirva. —Albert continuó descalzando a Devan, que estaba roncando apaciblemente y aceptó la orden como si el juez tuviera invitadas habitualmente en su habitación.

—Por supuesto. Annie se ha esmerado para que sea una cena especial, como usted pidió. ¿Le parece bien que la suban en media hora?

—Sí. Gracias, Albert, y dáselas también a Annie.

Bajó las escaleras volando y se dirigió al fondo del pasillo, donde estaba su despacho. Abrió la puerta sin hacer ruido y la observó a placer.

Tenía un papel en la mano que miraba a través de una lupa que sujetaba con su mano derecha y, cada cierto tiempo, apuntaba algo en una hoja que tenía a su lado para, después, seguir leyendo. Kirby estuvo varios minutos observándola de pie, en el umbral de la puerta, y ella no fue consciente de ello. Con una sonrisa, cerró la puerta despacio, pero el leve sonido fue suficiente para que levantara la cabeza y lo viera. Una sonrisa de bienvenida adornó su cara y Kirby se acercó, despacio, hasta estar junto a ella. Se inclinó y acunó su cara entre sus manos. Luego, la besó.

—Qué ganas tenía de verte, preciosa. ¿Qué tal has pasado el día? —Tenía bolsas bajo los ojos, seguramente por el cansancio. Pero él se aseguraría de que descansara, entre sus brazos, por supuesto.

—Estos documentos me están volviendo loca. No entiendo ninguna palabra. Tendré que mirar algunos libros de la biblioteca de mi padre.

—Puede que no estén escritos en el idioma antiguo… —sugirió.

—No, no. Es el idioma antiguo, lo noto por la estructura, pero las palabras…, es como… como si estuvieran retorcidas, como si las letras se hubieran cambiado de lugar por alguna razón. No lo entiendo todavía, pero seguiré trabajando hasta conseguir traducirlo.

—Pero hoy no. Tienes cara de cansada y sé que no has comido casi nada. Ven, enseguida nos servirán la cena. —Por un momento pareció que iba a discutir, pero sabía que no serviría de nada. Ya se había dado cuenta de que Kirby siempre la trataría con el máximo respeto, pero que la cuidaría por encima de todo, incluso de sí misma.

—Está bien. —Colocó los papeles en un montón ordenado y se levantó—. Me gustaría cambiarme de ropa.

—Como quieras, vamos. —La acompañó hasta su habitación y entró con ella, acorralándola contra la puerta. La besó acariciando sus costados, hasta que los dos sintieron que no podían más, entonces, se apartó de ella y la observó. Estaba ruborizada y sus ojos brillaban.

—Te espero en mi habitación.

—No tardaré. —Volvió a besarla lentamente. Luego lamió sus labios como si no pudiera despegarse de ella.

—Tómate el tiempo que necesites. Aprovecharé para darme una ducha.

Su pícara sonrisa, tan extraña en él, le encantó. Decidió que haría lo mismo, le había cogido el gusto a la ducha, un nuevo artilugio que no había probado hasta que había llegado a aquella casa. Las duchas se habían empezado a instalar en las casas particulares de Irlanda hacía más de diez años, pero de momento solo tenían acceso a ellas los que eran muy ricos.

Se duchó y se puso un vestido de lana rosa que le resultaba muy cómodo y se dirigió a la habitación de Kirby; sentía cómo se incrementaban los latidos de su corazón con cada paso que la acercaba a él. Cuando llegó ante su puerta, respiró profundamente, intentando calmarse antes de llamar, pero Kirby la había oído y abrió la puerta.

—Estás preciosa, querida. Pasa.

Kristel observó la mesa cubierta con un delicado mantel bordado en color crema, que habían colocado junto a la chimenea encendida y el despliegue de velas que llenaban la habitación con una luz íntima y romántica. El olor que escapaba de las fuentes cubiertas con tapaderas de plata, provocó que su estómago rugiera suavemente. Kirby se adelantó y la empujó suavemente por la cintura.

—Ven. —La acomodó en la silla y actuó como el mejor de los camareros al extender la servilleta y colocársela sobre el regazo. Destapó los primeros platos y los colocó en el lugar de cada uno de ellos y luego se sentó frente a ella.

—¿Vino blanco o tinto?

—Blanco. —Sirvió para los dos y comenzaron a cenar. Hablaron poco. Kirby esperó a terminar antes de hacerlo.

—No te preocupes tanto, ya te he dicho que estoy seguro de que los descifrarás pronto.

—Llevo todo el día intentando no sacar conclusiones precipitadas, pero... aunque todavía no he podido revisarlos todos ni siquiera superficialmente... —suspiró, desanimada—. No son los documentos que yo creía. Estaba segura de que serían los que detallan nuestras leyes primigenias y que han dado lugar a nuestro código civil actual; los que buscó mi padre toda su vida. Pero no lo son. De eso estoy segura.

—¿Cómo lo sabes?

—Porque estarían escritos en el idioma antiguo normal. No en... esto.

—Lo siento.

—Sí. Yo también. Hubiera sido uno de los descubrimientos más grandes de nuestra era.

—El más grande, sin ninguna duda —rectificó Kirby y se levantó para retirar los platos de la mesa.

—Déjame que te ayude. —Intentó levantarse, pero él se volvió rápidamente.

—No, esta noche te sirvo yo. ¿Quieres pollo relleno o rodaballo?

—Prefiero el rodaballo, gracias.

—Yo también. —Eligió el mejor trozo para ella y lo cubrió generosamente con la salsa marrón.

—Tiene muy buena pinta. —Él se sirvió después de entregarle su plato.

—Creo que Annie se ha vuelto a superar. —Rellenó los vasos de los dos antes de empezar con el pescado.

—Voy a emborracharme, no tengo costumbre de beber —con una mueca dio otro sorbo al vino—, pero está buenísimo.

—No hay problema. La noche es nuestra, querida.

Ninguno de los dos quiso postre cuando terminaron el segundo plato. Simplemente se levantaron y se acercaron el uno al otro, juntando sus cuerpos, quedándose abrazados durante unos minutos.

Kirby sabía que estaba sonriendo como un bobo, totalmente feliz. Kristel era muy inteligente, independiente y testaruda, cualidades que no muchos machos querrían como esposa, pero él creía que era perfecta. Le encantaba escuchar sus opiniones sobre todo, y era consciente de que estaba totalmente seducido por ella. Cuando volvió de Dublín, después de que lo rechazara, se dejó llevar por el orgullo diciéndose que, si no lo quería, podía ser su velisha, pero hicieron falta unas pocas semanas para darse cuenta de que el poco tiempo que habían estado juntos, le había robado parte de su corazón y ya no volvería a ser el mismo. Desde que la había conocido no existía otra para él.

Acarició su cuello con la nariz, cariñosamente. Ella estaba acariciando su nuca lentamente, animada por las dos copas de vino que había bebido. Bajando la cabeza, Kirby la besó. Ella le devolvió el beso con tal entusiasmo que el vampiro gruñó, excitado. Le fascinaba cuando le respondía con una pasión que rivalizaba con la suya propia. Levantándola en brazos sin esfuerzo, la tumbó en la cama, colocándose sobre ella. Exploró su boca con la lengua y, mientras le respondía, Kristel tiró de su chaqueta hasta conseguir que se la quitara. Después, comenzó a desabrocharle la camisa.

Cuando también consiguió quitársela, comenzó a acariciar impaciente la ardiente piel de su espalda. Kirby estaba más excitado que nunca viendo su urgencia, tenía los colmillos totalmente extendidos, el corazón latiendo demasiado rápido y la boca se le hacía agua pensando en su sangre. Todo su cuerpo ardía. Se apartó de ella lo suficiente para poder respirar una profunda bocanada de aire sin dejar de observarla. Ella tenía las mejillas ruborizadas, los labios hinchados y los ojos llenos de deseo.

—Eres la mujer más hermosa que he visto nunca. —Cubrió sus labios degustando su delicioso sabor, pero necesitaba más—. Date la vuelta un momento, querida. —Ella obedeció y Kirby comenzó a desabrochar los botones de nácar que había en su espalda, y que mantenían cerrado su vestido de lana. Cuando retiró el último botón del ojal, tiró de las mangas para sacárselas y se irguió para quitarle el vestido—. Levanta un momento. —Ella movió las caderas y él lo sacó por las piernas, lanzándolo al suelo. Todavía tenía los zapatos puestos. La descalzó y le quitó las enaguas, dejándola en corsé.

—Será más fácil si me levanto.

—No se te ocurra moverte. —Aprovechó para quitarse la ropa bajo su mirada anhelante y, totalmente desnudo, se sentó a su lado.

Despacio, deshizo las lazadas que sujetaban el corsé en su sitio, encima de la camisola y sonrió levemente a pesar de su excitación al escuchar el gemido de placer que salió de la boca femenina al verse libre de semejante opresión.

—No sé cómo podéis aguantar esta tortura —susurró.

—Por estar guapas —murmuró con un mohín. Le fascinó verla coquetear con él.

—Tú no lo necesitas.

—Eso lo dices porque lo llevo siempre. Te aseguro que, si no lo llevara, lo notarías. —Él arqueó una ceja, pero no le llevó la contraria. Terminó de quitarle el corsé y lo lanzó encima del vestido. Luego, hizo lo mismo con la camisola y las bragas. Por último, le deshizo el peinado. La recorrió con la mirada de arriba abajo y el rostro de Kirby se cubrió de un rubor oscuro producido por el placer y el deseo. La mano de Kristel ascendió por el muslo del vampiro acariciándolo a su paso, y él contuvo la respiración al ver hacia dónde se dirigía y apretó los dientes al sentirla rodeando su miembro. Y cuando empezó a moverla de forma sensual, levantó la cara hacia el techo, cerrando los ojos, intentando soportar sus caricias sin terminar demasiado pronto. Cuando ya no aguantaba más, la sujetó con delicadeza y se acostó de nuevo a su lado, con un murmullo apasionado.

La agarró por la cintura, acercándola a él y llenó los pulmones con su fragancia. Estaban tumbados de costado, piel con piel. Sediento, lamió el pulso que latía en su clavícula derecha, enredando su cabello entre los dedos. Quería tomarla deprisa, con toda su fuerza, pero también lenta y suavemente... deseaba que lo experimentara todo entre sus brazos. Y que supiera la pasión que solo ella le hacía sentir.

Kristel, abrazada, había decidido aprovechar la nueva oportunidad que tenía de estar con él. Se había equivocado totalmente cuando lo conoció, ahora sabía que Kirby nunca le haría daño, al contrario. Algunas de las premisas en las que había basado toda su vida adulta, estaban empezando a tambalearse.

Kirby la giró bocarriba y se colocó sobre ella, entre sus piernas, llenándola de besos lentos y húmedos. Kristel, muy excitada, recorría su cuerpo con las manos, deleitándose en la firmeza de sus músculos, sorprendida de que el cuerpo masculino pudiera ser, a la vez, duro y suave.

Kirby siguió besando su cuerpo hasta arrancarla un gemido cuando su lengua se encontró con su ombligo; cuando la escuchó gemir, la recompensó dándole un travieso mordisco con los dos colmillos encima del pubis, lo que provocó que ella pegara un salto sobre la cama. Entonces, lo miró y la imagen de él con los ojos entrecerrados y los colmillos sobresaliendo por encima de su labio inferior fue superior a sus fuerzas, y alargó los brazos dispuesta a suplicar.

—Ven, muérdeme. —Kirby tragó saliva deseando hacerlo más que nada en el mundo, pero se negó.

—Todavía no. Confía en mí.

Dejó caer los brazos algo contrariada, pero contenta en el fondo. Kirby aparentaba ser un vampiro reservado y rígido, que no se saltaba las normas, pero con ella era un amante tierno y audaz que siempre pensaba en procurarle el máximo placer.

Con un murmullo, la instó a que se volviera bocabajo y recorrió su columna con excitantes mordiscos y perversos lametones. Le acarició las nalgas, apretándolas con firmeza y bajó hasta su hendidura secreta. Kristel gimió, abriendo las piernas y arqueándose sobre el colchón.

Él aprovechó el momento y colocó un cojín debajo del vientre femenino, luego, presionó suavemente su espalda para que volviera a tumbarse y se colocó entre sus piernas, sentado sobre sus talones. Tras separar sus rizos, sopló sobre la carne rosada y la acarició con su dedo índice por dentro, formando un extraño dibujo una y otra vez. Kristel, ardiendo, jadeó de placer.

—¿Qué me haces? —susurró con voz ronca.

—Escribir mi nombre dentro de ti. —La besó en la nuca, sabiendo cuánto le gustaba y se tumbó sobre ella. Kristel volvió la cabeza como pudo, y lo miró suplicándole con la vista que lo hiciera ya—. Hoy te voy a morder por detrás —confesó, antes de besarla. Sus lenguas danzaron un largo momento hasta que, con un fuerte impulso, la penetró. Kristel sentía el corazón desbocado y se aferró a las sábanas. Él entró y salió de ella varias veces antes de detenerse para apartar el pelo de Kristel de su hombro y morderla con fuerza. Bebió de su vena paladeando su sabor, gruñendo por el placer que su parte más salvaje encontraba en ella. Kristel abrió la boca para gritar de dolor, pero, antes de poder hacerlo una ola de placer lo reemplazó y tuvo un orgasmo brutal que estuvo a punto de hacer que se desmayara. Al sentir su convulsión, Kirby aceleró sus movimientos hasta que eyaculó, llenándola con su simiente y dejó de beber de ella, cerrando la herida. Se dejó caer sobre ella, incapaz, en ese momento, de sostener su peso con los brazos. Se repuso lo antes posible y la colocó bocarriba. Tenía que ver cómo estaba, pero ella tenía los ojos cerrados.

—Kristel —susurró sobre sus labios—, amor mío, ¿estás bien?

—Sí —ronroneó, abriendo los ojos. Eran más verdes que nunca—. Ha sido… maravilloso, tan apasionado que creía que me iba a desmayar. —Kirby inclinó la cabeza y lamió uno de sus pezones sorbiéndolo entre los dientes. Ella soltó una exclamación de sorpresa al darse cuenta de que todo empezaba de nuevo, pero acarició su nuca dispuesta a aceptarlo todo de él.

Kirby besaba, mordía y lamía sus pechos, incansable, necesitando seguir, pero esperando a que ella volviera a arder con el mismo fuego que él. Cuando Kristel volvió a gemir, continuó descendiendo por su cuerpo, hasta detenerse en su clítoris, que lamió y sorbió, consiguiendo que ella temblara. Luego, la penetró con la lengua y ella volvió a suplicar.

—Kirby —murmuró—, Kirby…

—Lo sé, cariño. Espera.

Volvió a incorporarse y la acunó entre sus brazos, besándola y haciendo que probara su propio sabor. Ella alargó la mano con torpeza y aferró su miembro rígido, para obligarlo a que la penetrara.

Los ojos de Kirby se habían transformado en dos llamas ígneas, pero no se impulsó dentro de ella. Había algo que quería decirle antes.

—Kristel, después de esta noche no hay marcha atrás. Necesito que lo entiendas. —Pero ella no podía pensar racionalmente en ese momento.

—No me importa nada. Te necesito dentro de mí.

—Ábrete más. —Ella separó los muslos y él la penetró haciéndola gritar y que de sus ojos brotaran dos lágrimas solitarias. Él las besó, intentando calmarla con un murmullo —. Rodéame con las piernas, quiero entrar más en ti. —Cuando obedeció, Kristel notó que su masculinidad penetraba con más facilidad en su interior estirándola tanto que, además del placer, sentía un pequeño dolor. Pero no hubiera cambiado esa sensación por nada. Kirby entrelazó sus manos con las de ella y no dejaron de mirarse hasta que, en esta ocasión, alcanzaron juntos la cima del placer.

La abrazó, acomodándola para dormir. Y Kristel supo que su ternura más que su pasión, estaba consiguiendo destruir la coraza que ella había construido para proteger su corazón. Kirby echó las sábanas, arropándose juntos, y con la cabeza de Kristel apoyada en su pecho, comenzó a acariciar su espalda lentamente.

—Duérmete, querida. —El vampiro sonrió al sentir cómo lo besaba tímidamente en el pecho, antes de cerrar los ojos con un suspiro placentero.

∾

A FENTON lo sorprendió la presencia de Kirby en la estación de Cork cuando llegó.

—¿Cómo sabías que venía? —preguntó mientras se saludaban.

—Killian me ha enviado un telegrama.

Fenton asintió. Su amigo solía utilizar el telégrafo cuando el mensaje corría mucha prisa. Lo malo era que había ciertas cosas que no se podían comunicar por ese medio, por seguridad.

—¿Qué sabes? —Kirby negó con la cabeza para que no continuara.

—Vamos, tengo el coche fuera. —Fenton soltó un murmullo de disculpa a la vez que maldecía silenciosamente. Seguía comportándose como un novato preguntándole qué sabía en medio de la calle y, que estuviera cansado o preocupado por Ariel, no era excusa suficiente.

Cuando estuvieron cómodamente sentados en el carruaje de camino a casa del juez, le contestó:

—El telegrama solo decía que llegarías en el tren de la tarde y que tenías que decirme algo muy importante. —Pero el juez parecía saberlo—. Es sobre Kristel, ¿no?

—Sí. Lo siento, Kirby.

Le contó todo lo que sabía y esperó su explosión, pero él no era como Cian, no estallaba tan fácilmente. Se quedó mirando por la ventana, pensativo. Luego, le dijo:

—Pero ¿por qué a Kristel? Ella no la es pareja de ningún vampiro. —Su relación todavía no era del dominio público, se dijo para sí mismo.

—En su caso, creemos que es porque la sentenciaron junto con su padre, recuerda que, por entonces, la estuvieron buscando. Afortunadamente, estuvo escondida hasta que fue adulta, pero ahora… —Se encogió de hombros sintiendo la furia silenciosa del otro vampiro.

—Comprendo y —tabaleó con la mano derecha en la puerta del coche— ¿qué quiere hacer Killian?

—Tanto él como Cian han aumentado la seguridad de sus casas y, de momento, no podemos hacer mucho más. Estamos buscando algo que nos permita acusar a Joel Dixon, pero ahora mismo solo tenemos la declaración de Ariel y no es suficiente, sobre todo teniendo en cuenta su amistad con...

Kirby lo interrumpió:

—Sí, lo sé, con el primer ministro.

—Esperemos que haya suerte y que encontremos la forma de llevarlo ante la ley. Mientras tanto, debemos intentar proteger a las tres lo mejor posible.

—No creo demasiado en la suerte —en el fondo de sus ojos vio la misma furia que había visto en los de Cian, y le chocó porque no había imaginado que lo suyo con Kristel hubiera llegado tan lejos—, y ella no se marchará contigo. Si eso es a lo que has venido. —Fenton levantó las manos con las palmas hacia arriba, en son de paz.

—Tranquilo, Kirby. Cian solo quiere protegerla, también me ha pedido que hable con Devan para que vuelva lo antes posible...

—Que Devan haga lo que quiera, pero Kristel no se marchará. Yo la protegeré contra ellos.

—De todos modos, Kristel tiene que saberlo y me imagino que ella será la que decida, ¿no? —Kirby asintió, pero sus labios se afinaron. Fenton se imaginó que no estaba muy seguro de cuál sería la respuesta de la mujer y, prudentemente, decidió cambiar de tema—: Nuestro agente también me informó de que se habían llevado los pergaminos.

—¿Los pergaminos de Cobh?

—Sí. —Kirby puso cara de extrañeza.

—Debe de ser un error. Hace dos días Kristel pasó una tarde y media noche estudiándolos y, al día siguiente, se los devolvimos a Brenda Stevens —de repente, se le ocurrió algo —, a no ser que… ella iba a entregarlos a un museo… —Lo miró.

—Creo que lo del museo era una trampa. Al parecer, el que acudió a recogerlos era un agente de *La Hermandad*.

—De todas formas, si no te importa que nos retrasemos unos minutos lo podemos comprobar con facilidad. El museo está muy cerca. —Abrió un cristal pequeño que le permitía comunicarse con el conductor y le dio la nueva dirección.

Media hora más tarde, salían del despacho del director del museo con la misma cara de enfado, después de que les dijera que no sabía nada de los pergaminos. Kirby le dijo al conductor que volvían a casa y subieron al carruaje.

—¿No hay copias? —Kirby estaba distraído pensando en cuánto se disgustaría Kristel por lo ocurrido, pero contestó enseguida:

—Sí, afortunadamente, Kristel encargó que hicieran fotografías y, además, los copió a mano.

—Buena chica, me gustaría saber qué contienen para que *La Hermandad* tenga tanto interés. ¿Ya los ha traducido?

—No. Ni siquiera ha podido traducir una palabra, es como si fuera otro idioma.

—¡Qué raro!

Se quedaron sumidos en sus pensamientos hasta que el carruaje llegó a su destino.

CAPÍTULO 13

*D*evan todavía tenía algo de resaca, pero, después de ducharse y vestirse, había bajado a buscar a Kristel y ahora estaba sentado en la salita junto a ella. Esperaban a Kirby para cenar, pero se retrasaba.

—¿Te encuentras muy mal? —La miró con los ojos entrecerrados, intentando contrarrestar los golpes que algún ser malvado estaba dando dentro de su cráneo.

—La culpa es mía por intentar acabar con todo el *whisky* de Cork en una sola noche. No te preocupes, mañana estaré mejor.

—Devan, hay algo que siempre he querido preguntarte y, desde que hemos venido a Cork no dejo de darle vueltas... ¿tú conoces a mi madre? —Él dio un respingo, pero contestó sin dudarlo:

—Lo cierto es que sí. Y siempre me ha parecido extraño que no hayáis coincidido nunca.

—No sé cómo íbamos a hacerlo, ella vive aquí y yo siempre me he negado a venir a esta ciudad —murmuró. Devan carraspeó, antes de aclarar:

—Ya, pero ellos han venido en un par de ocasiones al club. —Ella se puso pálida.

—¿Quieres decir… toda la familia?

—Sí. —Él se había puesto muy serio porque conocía sus sentimientos—. Fue poco antes de que tú llegaras. Primero vinieron una primavera, por San Patricio y al año siguiente en navidades. Creo que en ambos casos pasaron las fiestas en Dublín y el marido de tu madre aprovechó para hablar con Cian. Quería hacer negocios con él —hizo una mueca burlona—, pero ya conoces a Cian, lord August no le gustaba y le dijo que no. Y, a pesar de que insistió, siguió negándose.

—¿Por qué no le gustaba?

—Por sus ideas. —Ante la mirada de ignorancia de Kristel, Devan intentó ser lo más delicado posible—: Creía que lo sabías, es un supremacista declarado. —Ella se puso muy pálida y Devan maldijo en voz alta—: Kristel, lo siento, quizás no hubiera debido decírtelo.

—Al contrario, te lo agradezco —sonrió, aunque seguía pálida—, prefiero saberlo. Hace mucho que no me hago ilusiones y sé que mi madre odia haber parido una niña mestiza.

—No digas eso. No hables así de ti. Ella se lo pierde. —Cogió su mano y le besó el dorso, dolido por ella. Ella apretó su mano, agradecida por tenerlo como amigo.

—Voy a necesitar la mano para cenar —bromeó—. Solo espero no encontrármelos en ningún sitio. —Devan odiaba la expresión de tristeza que había en su cara e intentó distraerla.

—Olvidémonos de la víbora de tu madre y cuéntame qué tal te ha ido estos días con Kirby. Por cómo os miráis ahora, yo diría que habéis estado muy ocupados. —Kristel se ruborizó, aunque intentaba simular que no le afectaban sus palabras—. ¿No vas a decir nada? —Ella siguió sin contestar—. Kristel, ten piedad de mí. Cuéntame algo para que recuerde qué se siente al querer a alguien —su voz lastimera hizo que ella riera a carcajadas y, así, él supo que ya no se acordaba de su odiosa madre.

—¡Qué mentiroso eres! Espero que algún día me hables de ella. —Los labios de Devan se torcieron en una mueca irónica.

—Imagino que era mucho esperar que «tu novio» no te lo contara. —Ella le dedicó un mohín gracioso.

—Kirby —subrayó— no me ha contado casi nada y lo poco que me ha dicho ha sido porque no dejé de preguntarle por qué habías bebido tanto.

—Ya, pues no me creo que... —Los dos se volvieron al escuchar el sonido de la puerta de la calle.

Kirby volvió acompañado por Fenton y tanto Kristel como Devan se levantaron, preocupados por la presencia del segundo de *La Brigada* en Cork. El juez se acercó a Kristel y enlazándola por la cintura, dejó un tranquilizador beso en su sien izquierda que ella aceptó con una sonrisa, al igual que el murmullo cariñoso que susurró junto a su oído, y que los otros dos vampiros aparentaron no escuchar. Mientras tanto, Fenton y Devan se estrecharon las manos y, al mirar en los ojos de su amigo, Devan volvió a mirar a Kristel, inquieto. Finalmente, Fenton se acercó a Kristel y se inclinó sobre su mano extendida; ellos dos aún no tenían demasiada confianza, se habían visto unas cuantas veces, pero no habían hablado demasiado entre ellos.

—Me alegro de verte, Kristel.

—Igualmente.

—Querida, Fenton ha venido para decirnos algo. Creo que es mejor que nos sentemos —ella asintió, tragando saliva, apretando la mano de Kirby y él le lanzó una mirada tranquilizadora. Ambos se sentaron en el sofá de dos plazas que ella había ocupado antes y enfrente de ellos, en un sillón, lo hizo Fenton. Devan se quedó de pie, cerca de Kristel, con las manos metidas en los bolsillos del pantalón, después de asegurarles que prefería no sentarse.

Fenton dudó unos segundos y el juez interrumpió el silencio, impaciente:

—Díselo ya, Fenton. Kristel es más fuerte de lo que crees. —Y ella, que se imaginaba lo que iba a decir, añadió:

—Fenton, no te preocupes por mí y di lo que tengas que decir. —Kirby apretó su mano para recordarle que estaba a su lado.

—Kristel, esta mañana uno de nuestros agentes me ha dicho que el *Maestro* ha dado orden de asesinaros a ti, a Gabrielle y a Amélie.

Kirby pasó un brazo sobre los hombros de Kristel de forma protectora.

—Tranquila, no consentiré que te hagan daño. —Ella estaba extrañamente tranquila.

—Te agradezco mucho que hayas venido hasta aquí a decírmelo, Fenton. —Luego, miró a Kirby y a Devan—. Os confieso que casi es una liberación conocer sus planes. Hace tiempo que me temía algo así y, por lo menos, ahora sé a qué atenerme.

—No estás sola, Kristel. Tanto Killian como Cian han insistido en que viniera a decírtelo y Cian, además, insistió en que Devan y tú volvierais cuanto antes a Dublín. Quiere que vivas en su casa hasta que pase todo esto. —Kristel no se volvió a mirar a Kirby para ver su reacción; fue suficiente con notar la rigidez que había invadido su cuerpo al escuchar a Fenton. Por eso no se sorprendió al escucharlo.

—Ya le he dicho que tú no te irías. —Ahora sí se giró a mirarlo, asombrada por su audacia. Entornó los ojos y replicó:

—Eso tengo que decidirlo yo. —El juez se mordió la lengua haciendo un esfuerzo y Devan apuntó:

—Fenton, creo que es mejor que los dejemos un momento a solas.

Se marcharon de la habitación cerrando la puerta detrás de ellos y Kristel se levantó, indignada, enfrentándose a Kirby. Tenía la barbilla levantada y sus ojos dorado-verdosos brillaban por el enfado. Él la imitó y se cruzó de brazos, decidido a mantenerse firme. Estuvieron un par de minutos callados, reacios a discutir y detener la dicha que habían conocido esos días. Por fin, Kristel consiguió transformar lo que iba a ser un ataque en una pregunta.

—¿Por qué? —Él la miraba sin comprender—. ¿Por qué crees que tienes el derecho de tomar esa decisión? No estamos casados ni somos pareja. —En ese momento, se dio cuenta de que ella todavía no lo había entendido. Se acercó hasta juntar sus cuerpos y no le pasó desapercibido el estremecimiento que la recorrió cuando lo hizo.

—No me creo poseedor de ese derecho y, aunque estuviéramos casados, tampoco lo creería. Pero mi primer impulso, cuando estás en peligro, es protegerte, aunque sé que eres tú la que puede decidir. Desgraciadamente —murmuró la última palabra como si esa situación fuera una maldición que hubiera caído sobre él, provocando que a ella se le pasara el enfado de repente.

Acababa de darse cuenta de lo difícil que era, para un vampiro antiguo como él que tenía un enorme instinto de protección hacia su mujer, tener como pareja a una feminista de corazón como ella. Levantó la mano y acarició con ternura su mejilla y él ladeó la cabeza, apoyándose en su mano, agradecido por su contacto.

—Parece que no has tenido mucha suerte con la mujer que te ha tocado.

—No digas eso —susurró—. No sabía que se podía ser tan feliz como tú me haces a mí. —Ella se sintió orgullosa de escuchar algo así del granítico Kirby Richards.

—Yo también soy muy feliz contigo.

—¿Y no quieres seguir siendo feliz? —Los ojos de ella brillaban, húmedos.

—Sí. —Levantándose de puntillas, lo besó en la mejilla—. Me quedaré.

—Y, a cambio, yo te juro que haré lo que sea necesario para seguir viendo ese brillo en tus ojos. Voy a decirles que entren. —Ella volvió a sentarse porque le temblaban las piernas.

Devan entró el primero y, después de echar un vistazo a su amiga, se tranquilizó. Estaba radiante.

—Voy a quedarme aquí, Fenton. Por favor, dales las gracias a Cian y a Killian de mi parte —el aludido asintió, pero todavía no había terminado.

—Tengo que deciros algo más. —Estaban todos sentados, menos él que permaneció de pie—. El agente también escuchó de labios del *Maestro,* que habían conseguido los pergaminos que descubrieron en Cobh. —Kristel agrandó los ojos, horrorizada, y miró a Kirby, que esperaba su reacción y le explicó lo que sabía:

—Desgraciadamente, es cierto. Hemos estado en el museo y el director me ha confirmado que no están allí. Ni él, ni ningún trabajador del museo, han hablado con la viuda de Walker Nolan.

—¡Dios mío!

Kristel parecía más preocupada por el robo de los pergaminos, que por estar condenada a muerte por el jefe de una secta de vampiros racistas y trastornados. Fenton interrumpió sus lúgubres pensamientos:

—Kirby me ha dicho que hicisteis fotografías. —Kirby siguió callado, dejándola hablar.

—Sí.

—En vista del interés que suscitan esos documentos en *La*

Hermandad, me gustaría llevarme copias de esas fotografías a Dublín.

—No hay problema. Afortunadamente, pedimos dos copias de cada documento al fotógrafo.

—Estupendo. —Devan aprovechó para decir algo más.

—Kristel. —Se inclinó hacia ella—. Espero que sepas que no solo Cian quiere ayudarte. Todos los que te conocemos, miembros de *La Brigada* o no, te defenderemos y apoyaremos en lo que necesites. Esto no es solo un ataque contra vosotras tres, es un ataque contra nuestra forma de vida. Pretenden decirnos cómo vivir y cómo pensar. Muchos de nosotros estamos dispuestos a hacer lo que sea antes de que nos priven de la libertad.

Un silencio respetuoso se extendió por la habitación y Kristel se levantó, impresionada, y abrazó a Devan.

—Gracias, ojalá hubiera muchos como tú.

—Somos más de los que crees.

Kirby la esperaba de pie y ella se acercó con lágrimas en los ojos. El juez la abrazó meciéndola suavemente.

—Fenton, ¿cuándo vas a marcharte? —Devan se había acercado a él cuando la pareja había empezado a hacerse carantoñas.

—Si no ocurre nada, tengo pensado irme mañana. En el primer tren.

—Pues ya tienes compañero de viaje.

—Estupendo. —Kirby y Kristel se habían acercado a ellos y estaban escuchando la conversación.

—Por supuesto, serás nuestro invitado hasta entonces. —Kristel lo escuchó, ruborizada, y Fenton se lo agradeció con un murmullo. Alfred entró para decir que la cena estaba lista.

—¿Vamos? —Kirby levantó su brazo y Kristel colocó sus dedos sobre él, caminando juntos hasta el comedor. Él retiró la silla que había junto a la suya; ya le había avisado a Alfred que en adelante se sentarían así en el comedor y sus invitados se sentaron a los costados de la pareja.

Fenton esperó a que los criados se marcharan después de servir la cena.

—Kristel, siento tener que ser tan directo, pero ¿has descubierto algo en los pergaminos que explique el interés de Dixon? —Ella agitó la cabeza con una mirada de frustración.

—No, lo siento. Todavía no. No reconozco ninguno de los idiomas que he estudiado. Os confieso que estoy muy sorprendida, el vocabulario de esta lengua es totalmente desconocido para mí, pero en su estructura hay algo… que me recuerda al idioma antiguo.

—¿A qué crees que es debido? —Ella se mordió el labio antes de contestar y miró a Kirby, que asintió ligeramente.

—Empiezo a pensar que puede que no estén escritos por los antiguos eruditos. Esto parece otra cosa.

—¿Y no sabes qué es?

—No, pero lo descubriré. Mi intuición me dice que pueden ser más importantes que los pergaminos perdidos de Naghar. Cuando leo las palabras, aunque no entiendo su significado, siento su poder. Un poder extraño y antiguo.

—Te agradezco que hayas sido tan sincera y, por favor, en cuanto averigües lo que sea, envíanos un telegrama. Yo también tengo la impresión de que se trata de algo muy importante, más de lo que podamos imaginar. —La cara de Fenton tenía un gesto sombrío que no era normal en él y no volvió a hablar en toda la cena.

CAPÍTULO 14

*K*ristel se despertó de la pesadilla jadeando, intentando que llegase suficiente aire a sus pulmones. La angustia de no poder respirar la hizo sentarse angustiada, despertando a Kirby que dormía abrazado a ella.

—¿Qué te pasa? —susurró, preocupado. Sentía su malestar y se sentó junto a ella, acariciándole el brazo. Kristel ya había apoyado los pies en el suelo para levantarse. Se pasó la mano por la cara, intentando despejarse.

—Era una pesadilla, aunque no recuerdo muy bien los detalles. Solo… —Un fogonazo en su mente le hizo acordarse del sueño y se levantó de un salto—. ¡Claro, eso es! —Sin preocuparse por ir en camisón, salió al pasillo.

Kirby maldijo y la siguió, en cuanto se puso los pantalones del pijama. Como se imaginaba, tanto Devan como Fenton la habían oído y salieron de sus habitaciones. Los dos observaron cómo Kristel bajaba corriendo las escaleras y luego dirigieron una mirada inquisitiva a Kirby cuando pasó por delante de ellos.

—Creo que se le ha ocurrido algo relativo a los pergaminos —explicó.

Los dos bajaron detrás de él y los tres se reunieron con ella en el despacho. Cuando llegaron, Kristel estaba sentada en el mismo lugar en el que había pasado los últimos días estudiando los pergaminos, pero ahora había comenzado a escribir el alfabeto en una hoja apaisada, intentando que todas las letras estuvieran en la misma línea. Los vampiros permanecían de pie observándola, cuando Kirby les hizo un gesto para que se sentaran. Cuando escribió la z, empezó otra línea, paralela a la anterior, pero en este caso, escribió las letras del alfabeto al revés, empezando por la z y terminando por la a. Al terminar, los miró y respiró hondo.

—Si has estudiado el idioma, es imposible no reconocer ni una palabra de un texto tan largo. Me estaba volviendo loca pensando en qué idioma estarían escritos y, cuando me he despertado, me he dado cuenta de que solo hay una explicación, y es que están cifrados. —Fenton pareció dudar.

—Tú eres la experta, pero ¿no es algo extraño que unos documentos tan antiguos estén cifrados? Y, si no recuerdo mal, ninguno de los otros pergaminos lo estaban…

—Eso es porque esto —dio unos golpecitos con el dedo en las copias de los pergaminos que habían transcrito entre ella y Kirby—, no está escrito por los antiguos.

—Entonces, ¿por quién?

—Todavía no lo sé. Pero creo que sé cómo descifrarlos. Es más sencillo de lo que parece, solo hay que aplicar la clave correcta.

—¿Solo? —preguntó irónicamente Fenton—. Llevo años estudiando criptografía y descubrir la clave de cifrado de un texto es lo más difícil.

—Tienes razón —admitió ella, aunque sonreía—, pero cuando se cifraban los textos, siglos atrás, solían utilizar el sistema Atbash. —En ese momento, Kirby entendió por qué había escrito los alfabetos de esa manera—. Es un método de codificación del alfabeto hebreo basado en la sustitución. —

Les enseñó la hoja con los dos alfabetos—. También se le llama el método espejo. —Señaló con el dedo las letras a la vez que se lo explicaba—: Consiste en sustituir la primera letra del alfabeto por la última, la segunda por la penúltima, y así sucesivamente... Este principio también se puede aplicar al alfabeto latino. Uno de sus usos más célebres se encuentra en el Libro de Jeremías donde, para no nombrar Babilonia, se utiliza un término cifrado con el método Atbash: Sheshakh. —Levantó la mirada con una sonrisa. Todos se habían despertado de golpe al escucharla.

—¿Y crees que ese es el método que usaron aquí? —Devan se inclinó hacia delante observando que ella cogía el primero de los documentos y al lado ponía una hoja en blanco donde empezó a apuntar las palabras con las letras sustituidas. Le contestó mientras trabajaba:

—No perdemos nada con probar... solo hay un problema y es que el alfabeto hebreo, al igual que otros de origen semita, es consonántico, pero he estudiado lo suficiente el idioma antiguo para reconocer la mayor parte de las palabras, aún sin vocales.

—Kristel, son las dos de la mañana... —Kirby notaba su cansancio. Ella le echó una mirada de disculpa.

—Solo voy a descifrar el primer párrafo. Quiero saber si funciona.

Los tres vampiros se quedaron en silencio, mirándola, y pudieron observar cómo cambiaba su expresión según avanzaba en el párrafo. Los hizo esperar porque comprobó varias veces que estaba bien traducido. Kirby, preocupado por ella, preguntó:

—¿Qué pone, Kristel?

Ella tragó saliva antes de leerlo en voz alta:

—Soy Lilith, la diosa primigenia de los vampiros y de donde proviene nuestra especie. En estas páginas, escritas de mi puño y letra, encontraréis los preceptos que deberéis seguir para que mi alma se reencarne en otro cuerpo en la tierra, sin importar el tiempo que haya pasado desde mi muerte. Al discípulo que consiga que vuelva a reinar sobre los hombres, sabré recompensarlo otorgándole más poder del que haya soñado jamás. Se sentará a mi lado en el trono y reinaremos sobre todos los habitantes de la tierra y juntos conseguiremos que los humanos vuelvan a ocupar el puesto que les corresponde: el de esclavos.

Cuando terminó, Kristel dejó caer el papel sobre la mesa del escritorio y se levantó. Salvó los pocos pasos que la separaban de Kirby y se refugió en sus brazos. Él la apretó con fuerza contra él, observando cómo Fenton y Devan tomaban el papel que acababa de dejar Kristel y lo leían silenciosamente, luego murmuraron algo en voz baja entre ellos. Kirby siguió callado, intentando aplacar el temblor del cuerpo femenino.

—No puede ser —gimió. Estaba asustada y se abrazó con fuerza a su cuello—. ¡Lo escribió la misma Lilith! —susurró junto a su oído.

—Mi amor, no creo que pase nada porque digas su nombre en voz alta. —Sonreía. Devan se unió a ellos.

—Desde luego. Era una perra y seguro que sigue siéndolo, esté donde esté. —La sonrisa irónica de Devan no tembló en ningún momento.

—No sé cómo podéis bromear con algo así. —Devan se encogió de hombros, pero el que contestó fue Kirby:

—Me niego a que nadie, incluyendo una malvada diosa amargada y vengativa, me quite el privilegio de reírme de lo que quiera. —Ella se apartó para verle la cara. Seguía sosegado y tranquilo.

—Eres muy valiente y, por supuesto, tienes razón. —Giró la cabeza hacia los documentos, pensando en volver al trabajo, pero Kirby la cogió por la barbilla haciendo que lo mirara.

—Aprovechando que acabas de reconocer que tengo razón, vamos a irnos a dormir y mañana seguiremos con esto. —Ella abrió la boca para contradecirlo, pero Kirby le puso un dedo sobre los labios—. Por favor, aunque lo terminaras esta noche, no conseguirías nada. Quiero que descanses antes de continuar. De todas maneras, esta noche no lo acabarías. Son demasiadas hojas. Si quieres, yo te ayudaré por la mañana. —Por el rabillo del ojo vio que Fenton iba a decir algo y que Devan le daba un codazo para que se callara. Seguramente creía que era mejor saberlo cuanto antes, pero para Kirby, nada estaba antes que Kristel. Nada. Pero ella se resistía a obedecer.

—¿Mañana no tienes que trabajar?

—Es sábado.

—¡Ah! Es cierto. —La mirada se le iba hacia los documentos, pero Kirby puso la mano en su espalda para guiarla hacia el dormitorio. Ella aceptó marcharse, aunque seguía preocupada—. Está bien, pero despiértame en cuatro horas, ¿eh? —Bostezó—. Buenas noches, caballeros. —Kirby se despidió con una mirada intencionada y ellos contestaron con un murmullo. Desde el despacho se volvió a escuchar la voz de Kristel, susurrando, mientras ella y Kirby subían por las escaleras—. Con cuatro horas, es suficiente. —Él no contestó, decidido a dejarla dormir algo más y, si se enfadaba al despertar, ya lidiaría con ella. Los papeles podían esperar un día más. Después de todo, habían estado enterrados varios siglos, esperando.

~

Ariel estaba limpiando el polvo en la sala cuando escuchó caer el aldabón de la puerta principal. Llevaba todo el día buscando tareas para tener una excusa que le permitiera estar en esa zona de la casa; desde que había escuchado a Joel

Dixon decirle al mayordomo que esperaba a Curtis y que, en cuanto llegara, se lo hiciera saber. Comenzó a limpiar la puerta de la sala para estar más cerca del pasillo, y eso le permitió escuchar a Dixon salir del despacho para recibir al visitante. Como se imaginaba, era Curtis y, desde su posición privilegiada, Ariel pudo escuchar su conversación mientras se acercaban por el pasillo.

—¿Tienes noticias?

Ella sabía que bajarían a la habitación del sótano porque allí era imposible que nadie los escuchara; al menos, hasta que ella hizo un agujero en la parte baja de la pared; tuvo que hacerlo casi a ras del suelo para que no se dieran cuenta y la única manera en la que podía oír lo que decían, era tumbándose en el suelo bocarriba, con la oreja pegada al agujero.

—Está trabajando más rápido de lo que esperábamos. Jack se ha quedado vigilándolo, como dijiste.

—¡Excelente! —Escuchó una palmada y pensó que Dixon se la habría dado a Curtis en la espalda, como felicitación o algo así. Los escuchó bajar por las escaleras del sótano y se asomó al pasillo; como no había nadie, los siguió, esperando un poco en lo alto de la escalera, hasta estar segura de que entraban en la habitación y cerraban la puerta; entonces, bajó sin hacer ruido y entró en la despensa, que era la habitación que había junto a la de ellos. Cerró la puerta muy despacio porque solía chirriar; luego, se movió deprisa para apartar el arcón que había contra la pared, quitó la piedra y se tumbó en el suelo pegando la oreja al pequeño agujero que había quedado visible:

—... entonces, ¿seguro que son los pergaminos que buscábamos desde hace tanto tiempo?, ¿contienen el ritual necesario para hacerla volver? —las palabras de Dixon provocaron que Ariel se estremeciera, aunque no tenía ni idea de qué hablaba.

—Sí, sí. Se asustó mucho en cuanto consiguió la clave y empezó a traducirlos.

—¿Os ha dado algún problema?

—Intentó escaparse hace un par de días y nos costó un poco detenerlo. Aunque sea viejo y no esté en forma, es un vampiro antiguo y tiene una fuerza sorprendente; tanta, que tuvimos que romperle un par de huesos para inmovilizarlo. Pero, al parecer, ya ha entrado en razón. —El silencio que se estableció en la habitación, era tan tenso que hasta ella lo sentía—. Está dolorido y, siguiendo tus órdenes, hace días que no le hemos dado de comer ni ha bebido sangre, por lo que no está curándose tan rápido como lo haría en circunstancias normales.

—En cuanto termine el trabajo, lo sacrificaremos. No me gusta matar a miembros de nuestra raza, pero no me detendré ante nada para conseguir que ocupemos el puesto que nos corresponde en el orden natural. Somos la especie más evolucionada de este planeta y todas las demás deben estar por debajo de nosotros. —Ariel se sobresaltó al escucharle dar unos pasos hacia la salida y se preparó para levantarse de un salto, pero volvió sobre sus pasos.

—Quiero ver lo que ha traducido.

—Si quieres, puedo traerte lo que ha escrito hasta ahora…

—No, iré yo a la casa. —El silencio que hubo después de la frase duró tanto tiempo que Ariel contuvo la respiración, pensando que la habían descubierto—. Esta tarde. Empiezo a creer que de verdad ha llegado el momento de su advenimiento. Hasta tenemos el cuerpo que ella necesita: una virgen inocente y pura, digna de una diosa. Haz que el profesor termine su trabajo lo antes posible.

—*Sí, Maestro.*

—Seguid así y no me olvidaré de vosotros cuando se instaure el nuevo orden.

No pudo oír nada más porque salieron de la habitación y

ya subían por las escaleras. Sin perder tiempo, se levantó sacudiéndose las ropas por si se había manchado el uniforme y devolvió el arcón a su lugar. Después, cogió un frasco de mermelada que le había pedido la cocinera el día anterior, y que había olvidado llevarle adrede, y subió las escaleras. En el último escalón la esperaba Sanderson, el mayordomo de la casa. La miraba con los ojos entornados y actitud de sospecha. Era un vampiro alto, muy fuerte, moreno, con los ojos negros y que parecía estar siempre enfadado. Manejaba la casa con mano de hierro y Ariel estaba segura de que desconfiaba de ella desde el principio, aunque no parecían gustarle ninguna de las criadas humanas de la residencia.

—¿Qué hacías ahí abajo? —Ella levantó la mano en la que llevaba el frasco de cristal.

—La cocinera me dijo que se le había acabado la mermelada y que le subiera un frasco cuando me acordara. —Ella notó que no la creía del todo.

—Bien, llévala a la cocina y vuelve a tus ocupaciones —ordenó.

—Sí, señor Sanderson. —Se obligó a no acelerar el paso a pesar de que notaba su mirada en la espalda como si fuera un puñal. Solo cuando se cerró la puerta de la cocina detrás de ella, respiró algo más tranquila, aunque su cabeza era un caos intentando entender lo poco que había escuchado. Tenía tiempo para pensar en ello, porque todavía faltaba una semana para acudir a la cita que tenía con Fenton.

~

KRISTEL SE DESPERTÓ sobresaltada y miró a su derecha, al lugar de la cama que solía ocupar Kirby, pero estaba vacío. Estaba sola en la habitación, pero, como si hubiera sentido que estaba despierta, el juez entró en ese mismo instante cargado con una bandeja de plata con lo que parecía el desayuno, incluyendo un pequeño florero con una rosa blanca, que hizo que Kristel se quedara boquiabierta.

—Buenos días, querida. Espero que tengas hambre. He traído para los dos. —Kristel se puso la bata sobre el camisón y anduvo descalza sobre la gruesa alfombra tejida en tonos marrones y azules oscuros hacia la mesa. Kirby estaba concentrado descargando la bandeja y no esperaba que ella lo abrazara por la cintura, apoyándose en su espalda. Con una cálida sonrisa aflorando en sus labios, intentó darse la vuelta, pero ella lo detuvo.

—No, espera. No me mires todavía. —Obedeció, mientras sus manos cubrían las de ella, calentándolas—. Hay algo que quiero decirte. Iba a hacerlo ayer, pero primero había invitados y, luego... bueno, estaba demasiado confundida. —Él no podía esperar más.

—Dímelo ya, por Dios. —Ella rio por lo bajo porque ese nerviosismo era impropio de él.

—Te quiero, Kirby. —Aunque intentó sujetarlo, esta vez él no se dejó. Colocándose frente a ella, rodeó su cintura, antes de contestar:

—¡Ya era hora! —La besó y el silencio se extendió por la habitación durante varios minutos. Luego, Kristel lo miró con la frente arrugada.

—¿Solo vas a contestar eso?

—¡Bruja! —Volvió a besarla, aunque esta vez se apartó enseguida—. Sabes que estoy loco por ti.

—Es cierto —asintió ella muy seria, y se sentó de espaldas a la ventana. Kirby lo hizo junto a ella y comenzaron a desayunar.

—He enviado a Tom con una nota para el juzgado para avisarles de que no iré en unos días. Si hay algún caso urgente se lo pasarán a un compañero. Y, aunque me gustaría que descansaras más, Devan y Fenton esperan impacientes a que continúes con los pergaminos. Han decidido retrasar su viaje.

Ella comía a dos carrillos, deseando ponerse a trabajar. Cuando tragó lo que tenía en la boca, confesó:

—¿Sabes? Anoche estaba asustada, bueno, claro que lo sabes, pero he dormido muy bien, me sentía segura entre tus brazos. Devan tenía razón, esta va a ser una lucha dura, pero somos muchos los que estamos dispuestos a enfrentarnos a ellos. Se avecinan tiempos difíciles, pero también emocionantes. Si te soy sincera, me siento a la vez excitada y asustada. —Siguió masticando sus huevos revueltos como si tal cosa y Kirby arqueó una ceja, pero no contestó. Tenía demasiado en qué pensar.

CAPÍTULO 15

*A*unque los tres se habían ofrecido a ayudarla, Kristel los había echado del despacho, asegurándoles que iría mucho más deprisa si estaba sola. Un renuente Kirby se marchó el último, afirmando que volvería en una hora por si necesitaba algo; como respuesta, ella le cerró la puerta en las narices, ante la mirada sorprendida de los otros dos vampiros. Fenton se marchó al comedor para tomarse otro café, pero Devan permaneció junto al juez en el pasillo y Kirby sabía que no era una casualidad. Para evitar que ella pudiera escucharlos, los dos se alejaron un poco de la puerta del despacho.

—Espero que sepas lo que estás haciendo. —Kirby se envaró. Sabía perfectamente a qué se refería, pero no esperaba un comentario semejante de Devan.

—No creo que sea asunto tuyo.

—Puede que tengas razón, pero le tengo demasiado cariño para permanecer callado. Te considero un buen hombre —sonrió irónicamente al utilizar esa expresión porque ninguno de los dos eran hombres, al menos tal y como se entendía habitualmente el término—, pero quiero que sepas que Kristel no está sola. La considero de mi familia y no me gustaría ver cómo la decepcionan —suspiró al ver el gesto de furia en la cara del otro vampiro—. No quiero pelear contigo —murmuró, intentando que lo entendiera—. Kirby nunca había tenido una verdadera amiga y no quiero que le hagan daño. Ayer la vi más feliz que nunca y sé que es gracias a ti, pero por mi experiencia, el amor también puede hundirte en la desdicha más absoluta. Solo te digo que no quiero que a ella le pase. —Kirby hizo un esfuerzo y dejó de lado su orgullo, porque sabía cuánto significaba la amistad de Devan para su velisha.

—Mientras yo viva, no volverá a estar sola y siempre antepondré su felicidad a todo lo demás. —Su juramento salía directamente de su antiguo corazón. Devan agrandó los ojos sorprendido y, emocionado, extendió su mano para estrechar la del juez.

—Gracias y, si te sirve de algo, tenéis mi bendición. Ya sé que, en realidad, no soy su familia, pero...

—No sigas —atajó Kirby, aceptando su mano—, para ella es como si lo fueras.

—Bien. —Pasado el tenso momento, Devan sonrió, por fin—. Entonces, vamos a tomar otro café.

Le dio una palmada en la espalda y se adelantó por el pasillo. Kirby lo siguió después de echar una mirada a la puerta cerrada del despacho. Preferiría estar dentro, con ella, para ayudarla en lo que pudiera, pero respetaría sus deseos siempre que fuera posible. Y ella prefería estar sola.

Cuando entró en el comedor, Devan le señaló una taza de café que había dejado en el lugar donde solía sentarse.

—Solo y sin azúcar, ¿no? —asintió en silencio y se sentó. Bebió un sorbo.

—Estábamos hablando sobre la conveniencia de informar acerca de lo que ha descubierto Kristel. —Fenton estaba reclinado en la silla, con aspecto de estar pensando en algo más de lo que no hablaba—. Tenemos que saber cómo han conseguido los pergaminos, quién está implicado... el problema es que yo tengo que volver a Dublín. —Killian todavía no podía encargarse de los asuntos de *La Brigada*—. No puedo faltar más de un día o dos.

—Yo me encargaré. Conozco a un policía que es de fiar.

—¿Humano? —la pregunta de Fenton fue hecha sin segunda intención, pero Kirby arrugó la frente.

Siempre había creído que humanos y vampiros eran iguales, pero desde que se había enamorado de Kristel, cualquier mención a la inferioridad de la especie humana hacía que su tranquilo carácter se exaltara. Pero Devan se le adelantó.

—Si se refiere a Marcus, he podido conocerlo y tiene razón. Es de confianza y muy listo, lo que es mucho decir siendo policía. —Kirby recordó algo.

—Sí, me refería a él —confirmó a Fenton, para luego dirigirse a Devan—: Perdona, pero con todo esto, se me ha olvidado preguntarte si habías encontrado algo.

—Nada. Según el expediente, fue un accidente. Pero sigo pensando que hubo juego sucio.

Fenton no pudo resistirse más.

—¿De quién habláis?

—De Malcolm Gallagher.

—Ya —Fenton asintió—. Demasiados accidentes juntos, ¿no? —Como siempre, demostró que estaba al tanto de todo; incluso de lo que ocurría en otras ciudades que no eran la suya.

—Sí. Es como si *La Hermandad* se hubiera fijado, de repente, en nuestra ciudad.

—No te creas. —Pero Fenton, gracias a sus recientes viajes, tenía más información—. Está ocurriendo igual en otras ciudades de Irlanda y también en otros países.

—Estupendo —contestó Devan, irónico. Estaba muy enfadado, sin embargo, lo siguiente que se escuchó de su boca fue una disculpa dirigida a Kirby—: Ojalá pudiera quedarme a ayudaros, pero, desgraciadamente yo también tengo que marcharme. Después de la repugnante sentencia que Joel Dixon dictó contra Amélie, Kristel y Gabrielle, debo volver al club. Cian debe de estar volviéndose loco por no poder quedarse más tiempo junto a su esposa para protegerla. Y es que no podemos abandonar el club, los dos a la vez, durante demasiado tiempo. —A pesar de sus palabras, Kirby sabía que, en el fondo, se alegraba de alejarse de Cork.

—¿Esperaréis a saber lo que contienen los pergaminos?

—Por supuesto —aseguraron los dos.

—Bien. Entonces, os pido disculpas por anticipado, porque ni Kristel ni yo vamos a cenar con vosotros esta noche. Voy a aprovechar para pedirle que se case conmigo. —Fenton y Devan lo miraron como si se hubiera vuelto loco—. Después de ver lo que tardó en traducir el primer párrafo, estoy seguro de que hoy terminará la traducción. —Los miró esperando que dijeran algo, pero seguían mudos por la impresión—. Así que, oficialmente ya no tendría motivos para permanecer en Cork. —Aunque ella le había dicho la noche anterior que se quedaría con él, no quería correr ningún riesgo. Esperó que dijeran algo, pero seguían callados. Insistió—: ¿Hay algún problema?

Devan fue el primero en recuperar el habla:

—¿No te parece un poco… precipitado?

—No. —Una sonrisa genuina apareció en el semblante de Kirby, la primera que ellos podían ver en su cara y que le hacía parecer bastante más joven de lo que era—. Si por mí fuera, me hubiera casado con ella nada más conocerla, aquel día en el Enigma de Dublín. —Su sonrisa era contagiosa y los dos vampiros se acercaron para felicitarlo, seguros de que ella diría que sí, pues ambos habían notado la unión que existía entre la pareja. Pero Devan, además de estar contento por la noticia, también estaba un poco preocupado.

—No quiero aguarte la fiesta, pero ¿has pensado cómo vas a protegerla? Si ella volviera al club, estaría tan cuidada como Amélie, pero aquí... —A Kirby no le molestó la pregunta. Esperaba algo así.

—Tanto mi mayordomo, Alfred, como yo, vamos siempre armados desde que supimos que el *Maestro* la había sentenciado. Además, he decidido contratar a un par de hombres más para que vigilen la casa, hasta que pase el peligro. Pero lo más importante es que espero conseguir que acepte que la transforme cuanto antes. Como ya es medio vampira, espero que no sufra demasiado durante la transición —confesó en un murmullo, porque eso era lo que más le preocupaba.

—Me encargaré de buscarte a los mejores hombres para ese puesto. —Debido a su trabajo, Fenton conocía a policías y militares retirados, que podían realizar ese trabajo perfectamente y a los que no les importaría venir a Cork.

—Pues yo estoy contigo, Kirby. Creo que transformarla es lo mejor que podéis hacer. —Devan le dio una última palmada en el hombro intentando disimular el asombro que le producía verlo tan feliz—. Cuento con los dos para que me mantengáis informado de cualquier movimiento de *La Hermandad*. Yo haré lo mismo, si Cian y yo nos enteramos de algo, os lo comunicaré enseguida.

—No hace falta que lo digas —aseguró Fenton—. Os avisaré para la reunión.

—¿Qué reunión?

—La que estoy seguro de que tendremos cuando los peces gordos sepan lo que contienen los pergaminos.

—Contad conmigo para lo que sea —aceptó el juez—. Ahora, perdonadme, pero debo ir a comprar un anillo y no quiero tardar más de una hora en hacerlo. —Los otros rieron al escuchar su precisión en cuanto al tiempo y observaron cómo se marchaba con una sonrisa en los labios.

~

KRISTEL DEDICÓ EL DÍA ENTERO, excepto unos minutos en los que aceptó comerse un par de sándwiches que Kirby le había llevado, a trabajar. Sin sospechar en ningún momento lo que se estaba tramando a sus espaldas. Kirby también se había llevado la comida y la acompañó.

—¿Qué tal vas? —Ella lanzó una mirada hacia los documentos.

—He traducido dos tercios, aproximadamente. Esta noche estará terminado.

—¿Hay algo que quieras contarme? —ella asintió, la veía preocupada.

—Intento no pensar en ello para acabar lo antes posible, pero es muy desagradable.

—Si no quieres hablar de ello, no hace falta que lo hagas.

—Quiero hacerlo. Todos los pergaminos son un tratado de magia negra; explican, con detalle, los pasos que hay que seguir para que el espíritu de Lilith vuelva del infierno y se introduzca en el cuerpo de una doncella. Debe ser virgen y pura —aclaró—. No quiero ni imaginar lo que va a sufrir esa mujer. —Kirby dejó de masticar y la miró fijamente.

—Cuando dices introducirse, quieres decir…

—Que Lilith viviría entre nosotros desde ese momento, pero con otro cuerpo.

—Daría lo que fuera porque no tuvieras que estar viendo algo así.

—Es mi trabajo —susurró—, aunque reconozco que, en algunos momentos, yo también deseo que fuera otro traductor el que estuviera haciéndolo. —Kirby entrelazó con los suyos los dedos de su mano.

—Me gustaría que lo terminaras lo antes posible…

—Ya te he dicho que esta noche estará acabado. —Lo miraba extrañada.

—Es la última noche de Fenton y Devan aquí y había pensado que les hiciéramos una buena cena de despedida.

—Es extraño que Devan no me haya dicho nada. Creía que insistiría para que lo acompañara de vuelta; es más, estaba segura de que tendría que pelearme con él para que se marchara sin mí. Y tú y yo tampoco lo hemos hablado. —Los dos se habían confesado lo que sentían, pero no habían concretado nada sobre su futuro.

—Lo aclararemos todo esta tarde, cuando termines —ella asintió, muy seria—, pero ya sabes que te quiero más que a nada en el mundo. —Consiguió que sonriera antes de darle un beso y, como los dos habían terminado, se levantó recogiendo los platos. Kristel estaba segura de que, antes de que ella llegara, él no había cargado nunca con una bandeja. Cuando cerró la puerta, volvió con un suspiro a sus papeles.

Había anochecido cuando apareció en la sala con la traducción entre las manos. Los tres se levantaron al verla, pero les hizo un gesto para que volvieran a sentarse.

—Ya está. No ha habido más sorpresas. Son instrucciones específicas para que el alma de Lilith se reencarne en otro cuerpo. —Buscó en la última página lo que había subrayado —. El único requisito que debe cumplir la mujer a la que posea, es que tiene que ser virgen —suspiró—, pero hay más condiciones…, por ejemplo, la ceremonia solo puede hacerse en año bisiesto, el día 29 de febrero…

Fenton la interrumpió:

—¿Cuándo es el próximo año bisiesto?

—Falta un año y pico, en 1872. —Fenton se levantó con las manos en las caderas y comenzó a pasearse de un lado a otro, sin mirarlos, mientras hablaba.

—Al menos tenemos algo de tiempo para detenerlos. Kristel. —La miró—. Necesito que me des una copia de la traducción —ella asintió, ahogando un bostezo.

—Puedes llevarte esta. Haré otra copia mañana.

Kirby dijo:

—Siento interrumpir, pero Kristel debe descansar. —Devan y Fenton escondieron una sonrisa sabiendo lo que iba a pasar. Kristel accedió, disculpándose:

—Perdonadme, pero mañana me levantaré temprano para desayunar con vosotros. ¡Ni se os ocurra marcharos sin que nos despidamos! —Le pareció que los dos vampiros miraban de forma cómplice a Kirby, aunque estaba demasiado cansada para pensar en lo que eso significaba.

Estaban subiendo las escaleras, cuando tuvo que taparse la boca por otro bostezo.

—No puedo más. Creo que me iré directamente a la cama.

—Te ayudaré a ducharte y luego cenarás. Ya está todo preparado, así dormirás mejor.

Lo de la ducha era una excusa. El dormitorio tenía que estar vacío para que Alfred y el resto de los sirvientes tuvieran tiempo de colocar las cosas que Kirby había comprado, y que harían que la cena fuera realmente romántica.

La llevó directamente al cuarto de baño. Distraerla el rato suficiente sería una delicia para él.

—No necesito que me desvistas, puedo hacerlo yo.

Le fascinaba ver cómo se ruborizaba mientras él le quitaba la ropa lentamente. Se arrodilló frente a ella para hacer lo mismo con las medias y la ropa interior. Ella intentó retroceder, alejarse para hacerlo ella misma, pero él lo había previsto y puso la palma de la mano sobre su trasero, sujetándola.

—Déjame servirte. Es un placer para mí —aseguró.

—Está bien. —Levantó la mano y lo acarició en la coronilla, una parte de él que no solía ver. Kirby ladeó la cara un momento y besó la palma de su mano apasionadamente, antes de volver a su tarea.

A la vez que le quitaba la ropa, también hacía desaparecer de la mente de Kristel la preocupación que se había instalado en ella desde que conocía el significado de los pergaminos.

—Gracias, Kirby. —Él no la miró, estaba acariciando la señal que le habían hecho las gomas de las ligas en los muslos, pero preguntó, curioso:

—¿Por qué?

—Por esto. Porque no lo sabía, pero necesitaba olvidarme de todo. —Después de lanzar las medias al suelo, se levantó y cogiéndola por la cintura, contestó, pícaro:

—¿Entonces no estoy aprovechándome de la situación para verte desnuda, besarte y acariciarte y, si tengo suerte, que me dejes hacerte el amor?

—Me parece un plan estupendo. Pero si quieres que siga despierta mientras ocurre todo eso, te recomiendo que te des prisa.

Él se rio por lo bajo y se desnudó antes de que se diera cuenta, luego, cogiéndola de la mano, la llevó bajo la ducha donde completó el plan.

∼

CUANDO KRISTEL ENTRÓ en el dormitorio, con el cuerpo y la mente relajados, se quedó boquiabierta. Kirby cerró la puerta y se apoyó en ella para disfrutar de su reacción.

—¿Cuándo has organizado todo esto? —Él se encogió de hombros como si no tuviera importancia y ella siguió mirando a su alrededor. Quería que no se le escapara nada.

Al igual que la vez anterior, alguien había dispuesto una mesa pequeña frente a la chimenea, iluminada por un par de velas y cubierta con un mantel bordado y un delicado jarrón con flores. Y toda la habitación volvía a estar llena de velas encendidas como única fuente de iluminación, además de la chimenea. En esta ocasión, también habían traído cuatro jarrones grandes llenos de flores que habían repartido por el dormitorio. Cada jarrón estaba lleno de flores diferentes y de distintos colores. Lo miró, asombrada.

—Todavía no sé cuál es tu flor preferida —dijo con un encogimiento de hombros. Ella se acercó a oler las que había en la mesa.

—Son todas preciosas, nunca he sabido qué flores me gustan más. Puede que los lirios... —bromeó, porque eran las flores que estaba oliendo.

Se acercó a él. Estaba más guapo que nunca. Se había quitado la chaqueta y llevaba la camisa remangada hasta los codos, lo que le hacía parecer mucho más accesible. Subió sus manos por sus antebrazos lentamente y siguió hasta sus hombros. Poniéndose de puntillas, hizo que agachara la cabeza lo suficiente para poder besarlo. Él accedió con un gruñido de placer y bebieron el uno del otro un largo momento; luego, Kirby preguntó, siguiendo con su plan:

—¿Cenamos? —ella asintió.

—Tenías razón, estoy hambrienta. Y, además, sería una pena que todo esto se desperdiciara.

Dejó que la ayudara a sentarse, antes de confesarle algo:

—Es increíble que, a pesar de las cosas tan horribles que sabemos ahora, pueda sentirme tan feliz —susurró mirándolo a los ojos. Kirby cogió la mano que ella había dejado en la mesa y, dándole la vuelta, depositó un beso en su palma. Luego ordenó, con voz suave y cariñosa:

—Come, se te va a enfriar.

CAPÍTULO 16

*P*oco después, el cansancio, la ducha caliente y la comida, hicieron su trabajo y cuando Kristel terminó el segundo plato, estaba a punto de quedarse dormida en la silla.

—No aguanto más, Kirby —intentó reprimir otro bostezo, pero no lo consiguió y al vampiro le recordó a una niña pequeña trasnochando—, tengo que dormir.

—Espera, Annie te ha hecho esa tarta de chocolate que te gustó tanto el otro día… —Ella se negó, dejando la servilleta sobre la mesa.

—Lo siento. Mañana comeré lo que quieras, pero hoy no puedo más. —Iba a levantarse, pero él le hizo un gesto para que no se moviera y ella, sorprendida, obedeció.

—Espera un momento. —Se levantó a por la tarta y la llevó a la mesa, colocándola cerca de ella.

—De verdad que no puedo…

—Calla —susurró, nervioso.

Estaba buscando las discretas marcas que Annie le había dejado en el borde del pastel; las encontró y cortó el trozo de Kristel lentamente, intentando no equivocarse y, cuando lo consiguió, volvió a respirar. Rápidamente, cogió un plato pequeño y se lo sirvió. Ella lo miraba boquiabierta, sin imaginar a qué venía tanto misterio. No tenía ni idea de qué podía estar tramando…

—Pártelo, por favor. —Ella cogió el tenedor de postre y cortó el pico del trozo, pero no pasó nada. Inclinó la cabeza para mirar el pastel, pero solo veía un inocente bizcocho de chocolate relleno de mermelada de frambuesa. Se preocupó al ver a Kirby sudando.

—¿Te encuentras mal? —Él lo negó, impaciente. Nunca lo había visto tan nervioso.

—Corta otro trozo, pero del centro. —Como no le hacía caso, insistió—: Por favor. —Ella lo intentó, pero el tenedor encontró un obstáculo dentro de la tarta que no le permitió hacerlo. Curiosa, volvió a intentarlo y el tenedor volvió a golpear algo que, por el sonido, le pareció madera.

—¿Qué es? —Kirby parecía aliviado y, el muy malvado, se encogió de hombros.

—Tendrás que descubrirlo tú misma.

Imaginando que era una especie de juego, dejó el tenedor a un lado y metió el índice dentro del trozo de tarta, hasta dejar a la vista el objeto misterioso que resultó ser una cajita de madera. Estaba pringosa, llena de mermelada y migas de bizcocho. Kirby se había quedado inmóvil, solo sus ojos demostraban lo nervioso que estaba. Imaginando lo que podía ser, Kristel decidió abrirla, pero se le escurrió dos veces antes de poder hacerlo.

Cuando vio lo que había dentro, se le borró la sonrisa de la cara y un temblor le recorrió las entrañas; le era imposible apartar la vista del hermoso topacio rodeado de brillantes, era como si estuviera hipnotizada por él, incluso la había dejado muda. Kirby se arrodilló a su lado y pasó el dorso de la mano por su mejilla.

—Cariño, cásate conmigo. Te juro que nuestra vida estará

llena de momentos como los que hemos vivido estos días. Eres mi velisha, la única, al igual que yo soy tuyo. Y jamás te abandonaré, sería como arrancarme el corazón. —Sabía que ese era su mayor temor—. Kristel —la llamó en un susurro para que lo mirara y cuando lo hizo, juró—: Te querré siempre, porque es imposible no hacerlo. Estamos hechos el uno para el otro, lo supe cuando nos conocimos. —Ella tenía lágrimas en los ojos, pero no decía nada. Tampoco sonreía—. No me asustes, pequeña. Dime algo. —Volvió a acariciar su mejilla y ella inclinó la cabeza, empezando a llorar—. Perdona, pero necesito una confirmación de palabra —bromeó.

—Digo que sí. —Se limpió las lágrimas con las manos, pero él cogió una servilleta y se las secó—. Es que no me lo esperaba —susurró antes de abrazarlo por la nuca—, solo siento dejar mi trabajo. Me costó mucho conseguirlo y disfruto mucho trabajando entre libros —se quejó.

—Bueno, el Enigma de Cork no tiene bibliotecario desde hace años. Al anterior propietario, la biblioteca no le parecía demasiado importante y no creo que a su hija le haya dado tiempo de pensar en ello. —Ella tenía los ojos enrojecidos, pero tan brillantes como las estrellas.

—¿En serio? Ni siquiera lo conozco —musitó, pensativa.

—Ya iremos, no te preocupes. Ahora, vamos a dormir. Si no, te quedarás dormida mientras hablamos. —Kristel bostezó involuntariamente otra vez y dejó que la llevara a la cama.

Le puso el camisón y la acostó, arropándola, luego, él se colocó los pantalones de pijama que solía usar, y se tumbó a su lado. La abrazó y besó su sien.

—Supongo que ese beso de monja significa que no vamos a hacer nada esta noche —empezó la frase con un bostezo y la terminó con otro.

—Ya te he dicho que prefiero que estés despierta cuando

«lo hagamos» —se burló con ternura. Volvió a besarla y ordenó—: Duérmete, anda.

Y ella lo hizo.

◈

DURANTE LAS SIGUIENTES TRES SEMANAS, Kristel siguió siendo más feliz que nunca. Kirby no podía ser más atento con ella, se divertían mucho juntos, hacían el amor cada vez que podían y los únicos momentos en los que estaban separados era cuando él estaba en el juzgado. Habían empezado a salir de la casa, sobre todo al campo, pero también a dar paseos por la ciudad; él quería enseñársela, al igual que los preciosos pueblecitos de alrededor. Habían ido varias veces al teatro, y otra a cenar al restaurante de un conocido hotel.

Todos los días se decía que, tarde o temprano, pasaría algo que le haría volver a la realidad porque la mayor parte del tiempo le parecía estar en una nube. Y ese día llegó, pero no como ella había esperado.

Eran las cinco de la tarde y estaba esperando a que Kirby volviera del trabajo. Le había dicho que, ese día, lo haría a esa hora para ir juntos a dar un paseo por el parque que había a un par de manzanas de la casa, por el que les gustaba pasear cuando podían. Parecía que Kristel leía, pero estaba mirando por la ventana con una sonrisa boba pensando en él con el libro olvidado sobre su falda. Entonces, Alfred llamó a la puerta de la salita y entró.

—Perdone, señorita. Ha venido una señora que desea verla. —Le extrañó lo nervioso que parecía Alfred. Era raro en él—. El señor me ha dicho varias veces que usted no puede recibir a nadie si él no está, pero la señora dice ser su madre. —Miró hacia atrás para asegurarse de que la visita no lo había seguido, y se adelantó un paso para susurrar—: Es *lady* Marian Beckett. —Kristel ya se había levantado dejando el libro sobre el sillón. Se estiró la falda, nerviosa, y asintió. Sabía que tendría que hablar con ella tarde o temprano y prefería que fuera sin que Kirby estuviera delante.

—Está bien, Alfred. Dígale que pase, por favor. —El mayordomo apretó los labios, pero ese fue el único gesto de disconformidad que mostró. Inclinó la cabeza respetuosamente y salió. Menos de un minuto después, volvió, seguido de su madre.

Marian Beckett, pues así se llamaba ahora, entró en la sala como si le perteneciera. Antes de poder observarla a fondo, Kristel pidió al mayordomo que cerrara la puerta, y él inclinó la cabeza y salió, dejándolas frente a frente y mirándose fijamente. Era tan bella como la recordaba, seguía teniendo una presencia imponente y seguramente la seguiría teniendo durante toda su vida, pero la amargura de su boca y la expresión de sus ojos, declaraban que su vida no era tan perfecta como le gustaría aparentar. Por fin se decidió a hablar:

—Esta no es la bienvenida que esperaba. Al fin y al cabo, soy tu madre.

—¿Lo dices en serio? —Solo con la primera frase, ya se había dado cuenta de que seguía siendo tan egoísta como siempre.

—Claro que sí. Lo que hubiera entre tu padre y yo, no tiene nada que ver contigo... —Escuchar su voz prepotente, le hizo recordar cuánto sufrió por su culpa siendo una niña, pero ahora era una mujer y la interrumpió:

—Marian, puedo llegar a entender que abandonaras a mi padre porque no lo quisieras, pero hiciste lo mismo conmigo y te recuerdo que yo solo era una niña, y que no volviste a preocuparte de mí. Me parece increíble que ahora te presentes ante mí como si no hubiera pasado nada y, además, con reproches. —Su madre la miraba mordiéndose la lengua claramente para no levantar la voz, aunque antes no era tan cuidadosa.

175

—Tu padre nunca me hizo feliz, pero cuando me marché, lo hice pensando en volver a buscarte algún día —mintió, sin saber que Kristel había escuchado su última discusión—, pero las circunstancias hicieron que me fuera imposible. —Kristel hizo un gesto con la mano.

—¿A qué has venido? —No le iba a dar el gusto de ponerse a discutir con ella.

—Es un poco complicado para hablarlo de pie, ¿no crees que...? —Miró hacia el sofá, buscando una invitación para sentarse, pero Kristel se negó.

—No. Di lo que sea y márchate.

—Está bien —replicó, enfadada—.Vine porque me he enterado de que estabas viviendo aquí, invitada por el juez Richards para estudiar unos misteriosos pergaminos y quiero pedirte... —dudó antes de continuar y apartó la mirada— mira, aunque no lo creas, no quiero que te hagan daño. Deberías volver a Dublín, aquí corres peligro. —Por primera vez, Kristel estaba interesada en la conversación.

—¿Me estás amenazando?, ¿o has oído a alguien que lo haya hecho? —Marian no contestó y las dos se sobresaltaron cuando una voz grave las interrumpió:

—Conteste a mi mujer, *lady* Beckett. —Kirby atravesó la habitación hasta colocarse junto a Kristel, rodeando su cintura con el brazo. Marian agrandó los ojos al ver la actitud posesiva y protectora del vampiro y se puso pálida, como si aquello fuera una mala noticia para ella.

—Solía ser más educado antes, magistrado. Puede que con el... contacto con mi hija se le estén contagiando algunas de sus malas costumbres, achacables sin duda a su herencia genética —sus palabras habían sido elegidas para hacer daño, pero Kristel irguió la cabeza, orgullosa.

—Mi padre era un hombre trabajador, noble y cariñoso. Cualidades que ya quisieras tener tú, zorra. —Se sintió mucho mejor, aunque sabía que no debía haberse rebajado a insultarla. Su madre levantó la nariz como si de su hija saliera algún mal olor que no pudiera soportar y miró en dirección a Kirby con cara de asco.

—No me esperaba otra cosa de ella, pero espero que usted, magistrado, disculpe sus maneras. Es evidente que todavía no sabe cómo debe comportarse en nuestra sociedad. —Kirby besó a Kristel en la cabeza y dejó que la vampira viera sus ojos, que se habían vuelto fríos como el hielo, transmitiendo una dureza poco habitual en él.

—Me resulta chocante que precisamente usted se atreva a dar ese tipo de consejos, ¿no le parece? —La vampira se ruborizó violentamente sabiendo a qué se refería; al humillante día en el que tuvo que ir con su marido al juzgado a recoger a sus hijos y pagar la fianza para que los soltaran—. Veo que lo recuerda. Ese día me dijo, entre otras cosas, que era demasiado duro con sus hijos y que mi corazón era un témpano de hielo, a pesar de que lo único que hice fue aplicar la ley. Objetivamente. Más o menos, eso es lo que dijo, ¿no? —Ella no contestó, comprendiendo el error que había cometido acudiendo ese día a casa del juez—. Pues créame si le digo que no ha visto lo peor de mí. Procure que no escuche ni un susurro sobre Kristel que proceda de usted o de su familia; en caso contrario, considérenme su peor enemigo y aténgase a las consecuencias —su voz era letal, heladora. Inesperadamente, una energía demoledora salió del cuerpo del juez, haciendo trastabillar a *lady* Marian hacia atrás cuando llegó hasta ella.

Kristel miró a Kirby, sorprendida, pero él no le devolvió la mirada que seguía fija en la visitante. Su boca estaba formando una sonrisa demoníaca y sus ojos estaban completamente rojos. *Lady* Marian no esperó más, se dio la vuelta y salió corriendo de la habitación. Kristel se volvió hacia él y lo miró. Sus ojos seguían rojos y sus colmillos se habían extendido al máximo, sobresaliendo del resto de la dentadura.

—¿Qué ha sido eso?

—Te dije que te protegería. Puede que haya algunas… particularidades acerca de mí, que todavía no te he contado —sonrió—, ¡ah!, por cierto, quiero que nos casemos lo antes posible —murmuró, abrazándola. Ella había apoyado la mejilla en su pecho, desconcertada al no estar ni un poco asustada por lo que acababa de presenciar—. Mis padres han estado unas semanas en la casa de Escocia, pero ya han vuelto. Así que pueden venir.

—Estoy deseando conocerlos.

Él contestó con una sonrisa pícara:

—Por mi salud mental, he preferido que no os conozcáis hasta el día de la boda —bromeó y acarició sus antebrazos, preocupado—. ¿Estás bien?

—Creo que sí y, aunque me ha impresionado verla, la recordaba mucho más alta y atemorizante.

—Eso es porque eras muy niña la última vez que la viste.

—Sí. —Levantó la cara entrecerrando los ojos hacia él—. ¿No vas a explicarme cómo has hecho que se tambalee de esa manera? —Él soltó una carcajada y salió para decirle a Alfred que *lady* Marian tenía prohibida la entrada en su casa desde ese momento. Kristel lo siguió.

—No te vas a escapar tan fácilmente. Dímelo, Kirby.

La risa de él se perdió por el pasillo. Andaba deprisa, disfrutando de tenerla pegada a los talones mientras le exigía que le explicara cómo lo había hecho.

A pesar de la desagradable visita, un rato después, salieron a pasear. A poca distancia los seguía uno de los hombres que Fenton les había enviado. Kristel miró un par de veces hacia atrás, pero no lo vio y Kirby se inclinó hacia ella.

—Olvídate de que está ahí.

—No lo veo.

—Eso es que hace bien su trabajo. Su obligación es vigilar

sin molestar. —Kirby sabía que a ella no le gustaba la situación, pero, de momento, tenían que vivir así.

Cuando llegaron al lago, se sentaron en un banco que había debajo de un árbol gigantesco al que se le habían caído todas las hojas. Desde allí observaron a una familia de patos y un par de cisnes que se movían despacio sobre el agua plateada.

—El próximo día podríamos traer pan.

—De acuerdo.

—Seguramente tendrán hambre.

—Es posible. —La conocía lo suficiente para saber que estaba pensando en algo. Solo debía tener paciencia.

—Kirby —susurró.

—Dime.

—¿Has pensado alguna vez en transformarme? —La miró.

—Todos los días.

—¿En serio?

—Por supuesto.

—¿Por qué? Nunca lo habíamos hablado, al menos, no refiriéndonos a nosotros. —Él se encogió de hombros.

—Imagino que porque para mí lo más importante es tu seguridad. Quiero protegerte, que estés segura y creo que la mejor forma de hacerlo, es transmitirte toda la fuerza que hay en mi sangre. —Ella no lo miraba, seguía con la vista puesta en el lago. Suspiró y se agarró al brazo del vampiro, pero su mirada vagó por los alrededores observando que estaban casi solos. Era un día gris.

—Parece que está a punto de llover.

—Sí. —Él observó las nubes con ojo crítico.

—Quiero hacerlo ya, Kirby. Sé que no lo habíamos hablado y que se suele hacer después de la boda, pero la visita de mi madre y la sentencia de muerte que pende sobre mi cabeza… —Él intentó contestar, pero ella posó un dedo sobre sus labios para que no dijera nada—. Ya sé que no permitirás que me ocurra nada. No estoy asustada, de verdad. Solo quiero que entiendas por qué quiero que lo hagamos antes de la boda. —Él parecía desconcertado—. Si puede ser, esta misma noche.

—¿Por qué tan pronto?

—Si vuelvo a encontrarme con mi madre o con cualquiera como ella, no quiero estar indefensa. Y para eso, necesito tener su misma fuerza, para poder defenderme. Y, sobre todo, no quiero tener miedo a salir o a hacer una vida normal. —Parecía lógico y él estaba de acuerdo—. ¿Podrías hacerlo esta noche?

—No veo por qué no…

—Entonces, vámonos.

Caminaron juntos, de vuelta a la casa, seguidos por el hombre de Fenton.

CAPÍTULO 17

*S*e habían duchado juntos, lavándose el uno al otro como parte del ritual que Kristel conocía por haberlo leído en uno de los libros de su padre. Después, en la habitación, se habían dirigido a la cama cogidos de la mano, pero antes de que Kristel pudiera tumbarse, él tiró de ella acercándola a su cuerpo y la abrazó con más fuerza que nunca. Ella se sorprendió al escuchar el galope descontrolado de su corazón y puso la mano sobre su pecho, intentando calmarlo. Lo miró.

—No me pasará nada. —Nunca lo había visto tan serio.

—Daría lo que fuera de poder pasar por esto en tu lugar.

—Lo sé —sabía que era sincero—, pero puede que no sea tan duro como si fuera totalmente humana. En cualquier caso, tendríamos que empezar ya. Antes de que pierda la valentía.

—Podemos esperar un poco más. No es tan urgente.

—No, algo me dice que debemos hacerlo cuanto antes. —Sacudió la cabeza con testarudez—. Quiero hacerlo ahora. Lucharé por quedarme contigo con uñas y dientes, Kirby.

—Entonces, empecemos cuanto antes.

Kirby le quitó la bata primero a ella y luego se despojó de la suya. Se sentó en la cama con los pies apoyados en el suelo y ella lo hizo a horcajadas sobre él, mirándolo y pegándose al cuerpo masculino todo lo que pudo. Él se recolocó después, pero no encontraban la postura adecuada.

—Ninguno de los dos estamos cómodos.

—No —confirmó él con una mueca—, a pesar de lo que dice el ritual que has leído, no creo que podamos mantener durante mucho tiempo esta postura.

—¿Y si probamos en el sillón? —Kristel señaló la poltrona dorada que había a los pies de la cama.

—De acuerdo. —Ella se levantó, pero Kirby siguió sentado un instante más, observándola caminar desnuda bajo la cálida luz del fuego. Volvieron a sentarse como antes, pero en esta ocasión ella colocó las rodillas a ambos lados de las caderas del vampiro y luego bajó cuidadosamente, hasta sentarse sobre él. Se movió, nerviosa, notando su miembro hinchado y rígido bajo ella.

— ¿Te hago daño?

—No —contestó con la voz ronca—, pero es mejor que empecemos ya. —No sabía cuánto tiempo podría aguantar en esa posición, sin penetrarla.

Kirby empezó besando su frente, sus ojos, visitó su boca y saboreó la piel que cubría la vena de la que él solía beber todas las noches, al menos una vez, mientras hacían el amor. Ambos estaban de acuerdo en que, de esa manera, se incrementaba el placer de los dos y, después de esa noche, ella también podría beber de él. Kirby temblaba por la excitación al saber que ella bebería su sangre, que la alimentaría.

Los ojos de Kristel se agrandaron y un ligero rubor cubrió sus mejillas, seducida por sus apasionados besos. No quiso esperar más y le ofreció su cuello desnudo, ya que se había recogido el pelo para que no se interpusiera entre ellos. No dijo nada, no hacía falta. Sentía su necesidad como si procediera de sí misma y se acercó un poco más, provocándolo. Kirby desnudó sus colmillos que se alargaron ante la mirada de ella por primera vez. Kristel se inclinó con una sonrisa pícara y besó uno de los colmillos, luego lo lamió recreándose en la punta que era tan fina como una aguja. Presionó con la lengua, pinchando y provocando que le saliera una gota de sangre que le mostró a Kirby y que compartió con él besándolo; y, también por primera vez, mientras lo besaba, acarició sus colmillos con la lengua. El vampiro gruñó y ella volvió a ofrecerle su cuello descubierto, temblando de deseo.

—Bebe.

—Debo penetrarte primero, para que comience el ritual.

Kristel se levantó lo suficiente para dejarlo entrar y, cuando él empezó a hacerlo, siseó, sintiendo que el miembro le ardía por lo caliente que estaba ella. Sus ojos se tiñeron de rojo completamente y ella terminó de sentarse sobre él, mordiéndose el labio inferior y agarrándose a los hombros del vampiro.

Cuando estuvieron completamente unidos, él la mordió como si hiciera años que no hubiera probado su sangre y bebió glotonamente, con el miembro palpitando dentro de ella, pero sin moverse. Poco después, se apartó de su cuello, relamiéndose, y le dio un lametazo a la vena para que dejara de sangrar. Entonces, ella comenzó a moverse arriba y abajo, al principio despacio para ir aumentando la velocidad poco a poco.

Kirby estaba preocupado. Había oído lo duras que eran las transformaciones para los cuerpos de las humanas, pero esperaba que ella tuviera razón y que no lo pasara tan mal. Al llegar al orgasmo, se derrumbó sobre él y Kirby hizo que creciera la uña de su índice; con ella se rajó el pecho cerca del esternón donde la sangre es más dulce, y la presionó en la nuca para acercar su boca a la herida. A pesar de que, un rato antes, ella estaba convencida de hacerlo, en ese momento se negó, echándose hacia atrás. Observaba el hilo de sangre que caía por el pecho del vampiro como si fuera una serpiente a punto de atacar. Él la presionó con algo más de fuerza para atraerla hacia él.

—Bebe, amor mío —ordenó con voz hipnótica.

—Kirby… espera. —Pero él apretó la boca de ella contra la herida hasta que se le mancharon los labios; instintivamente, se los chupó varias veces y sus pupilas se agrandaron por el sabor. Kirby volvió a ordenar pacientemente:

—Bebe.

Como ya había probado la sangre, dejó caer las manos para que se sintiera libre de hacer lo que quisiera. Kristel gimió, sin dejar de mirar la herida de la que seguía fluyendo lentamente el líquido vital y, decidiéndose, se inclinó hasta pegar su cara al corte y comenzó a chupar. Kirby, que había podido contenerse hasta ese momento, la penetró con fuerza varias veces hasta que consiguió el mayor orgasmo de su vida.

Cuando terminó de beber, somnolienta, cerró su herida como él le había dicho y se recostó sobre él, a punto de dormirse. Él la cogió por el trasero y la levantó, llevándola a la cama.

—Creo que podemos seguir en la cama. Ahora sabemos que puedo controlarme.

Ella necesitaba dormir, pero Kirby no le dejó hacerlo hasta que completaron los tres intercambios. Después, los dos se abandonaron al sueño.

Los despertó la luz del día colándose por la ventana y el trino cercano de un pájaro posado sobre un árbol cuyas ramas casi tocaban el cristal. Se giró hacia él y lo pilló observándola. Parecía cansado y feliz.

—Túmbate bocarriba. —Obedeció y él se colocó entre sus piernas. Después, le ofreció su cuello.

—Bebe de mí, amor mío y disfrutemos del tiempo que los dioses nos otorguen. —Conocía la conocida fórmula que se utilizaba antiguamente en las uniones entre vampiros, pero nunca había imaginado que alguien se la recitaría a ella.

Kirby acercó su cuello lo suficiente para que ella estuviera cómoda y Kristel lo mordió, provocando que él gimiera de placer. Mientras ella bebía, él acunaba su nuca con la palma de la mano; despacio para que no dejara de beber, le separó las piernas y la penetró, y siguió haciéndolo lentamente para no molestarla mientras bebía, acariciándola suavemente para transmitirle lo que sentía por ella.

Cuando terminó de beber, las penetraciones se hicieron más rápidas, y ella lo ayudó levantando las caderas para acogerlo más profundamente. Después, volvieron a abrazarse.

—Espero que todas las noches no seas tan exigente conmigo —bromeó. Kirby sonrió con los ojos cerrados y contestó:

—Duérmete, velisha. Necesitas descansar.

Los dos lo hicieron.

∾

Sanderson no bajó al sótano hasta que la casa se quedó en silencio y todos los criados estaban dormidos en sus habitaciones. O eso creía. Descendió por las escaleras con el cuidado necesario para que no crujiera la madera, a pesar de su tamaño, y caminó hasta el cuarto donde lo esperaba el supuesto dueño de la casa. Entró, cerró la puerta y se sentó frente a Joel Dixon; cogió el vaso que lo esperaba en su lado de la mesa, lleno de *whisky*, y lo vació de un trago, luego, lo dejó sobre la madera con un golpe seco. Observó la botella casi vacía y luego el rostro de Dixon. Y preguntó:

—¿Cuántas copas llevas? —El otro se encogió de hombros y se bebió otro trago antes de contestar.

—Ni lo sé, ni me importa —su contestación provocó que los ojos negros y despiadados de Sanderson se entrecerraran peligrosamente; estiró el brazo lo suficiente para quitarle la botella y ponerla en su lado de la mesa, fuera de su alcance. Su gesto provocó que el profesor se enfadara.

—Ese no es el trato. Quedamos en que podía beber de noche, siempre que no me vieran. —Sanderson hizo una mueca desagradable.

—No sabes el asco que me das y lo harto que estoy de ti. No entiendo cómo he sido capaz de aguantarte tantos años. Si no fuera por lo que está en juego, nunca me habría juntado con alguien como tú. —Dixon sonrió maliciosamente.

—Pero tienes que aguantarme, ¿no es así, querido Sanderson? —Se echó hacia atrás apoyándose en la fina y cara silla, acariciándola suavemente con sus elegantes manos—. Y soportar, aunque te rechinen los dientes al verlo, que use las cosas de tu familia. —El falso mayordomo gruñó y se inclinó hacia él apretando los puños, pero Dixon no se preocupó. Sabía que no podía prescindir de él. De momento.

—Llegará el día en que no me sirvas para nada y ya sabes lo que te ocurrirá.

—Sí —confirmó el otro con una mueca burlona, intentando no demostrar el miedo que sentía en realidad—, pero ese momento todavía no ha llegado. Como he dicho, no tienes más remedio que aguantarme… a menos que ya no quieras que tu querida Lilith vuelva —amenazó, ronroneando.

Sanderson aparentó hacer caso omiso de sus palabras, pero las apuntó en la larga lista de ofensas por las que el otro vampiro tendría que pagar dentro de poco. Todos los días se consolaba pensando que quedaban solo unos meses para conseguir aquello por lo que su familia había luchado durante tanto tiempo. Desgraciadamente, mientras tanto, necesitaba que el borracho desgraciado que tenía delante siguiera vivo y haciendo su papel.

—No he venido a discutir, por mí como si te ahogas en alcohol, solo asegúrate de estar lúcido por la mañana. Escucha, Violet tiene que desaparecer, vas a mandarla fuera. No quiero que atraiga la atención hacia ella ahora que ha vuelto del internado, solo nos faltaba que conociera a alguien que descubriera quién es en realidad —Dixon asintió sumisamente, había algunas cosas sobre las que no podía bromear.

—¿A dónde?

—Todavía no lo sé. Seguramente a una casa perdida en el campo. —Pensó durante un par de minutos en silencio—. Creo que la enviaré con cuatro de los hombres y una mujer, por si acaso. Y nadie debe de saber dónde va. Mañana hablarás con ella.

—¿Qué le digo?

—Que la llevas a un lugar seguro porque corre peligro, que han amenazado... lo que se te ocurra. Pero asegúrate de asustarla para que no se le ocurra hacer ninguna tontería, la dejaremos allí hasta que la necesitemos, al final del plan. Puede que esté siendo demasiado desconfiado porque estoy seguro de que esos cabrones no pudieron traducir los pergaminos en tan poco tiempo..., además, se lo encargaron a esa mestiza... —El gesto de su cara se transformó en uno de repugnancia y, este ademán se mantuvo en su cara mientras observaba a Dixon con una repentina sospecha en la mirada. Tenía la sensación de que el borracho había cogido cariño a la chica y no consentiría que, ni él ni nadie, le chafara los planes—. Espero que te haya quedado claro. Ya sabes que no consiento los errores.

—Sí, lo he entendido.

—Eso espero, así que vete a la cama a dormirla. Quiero que mañana te levantes temprano —Joel asintió sumisamente, intentando que no se le notara el temblor que sacudía su cuerpo, cada vez que pensaba en lo que le harían a Violet —. Sube tú delante. Te acompañaré a tu habitación como haría un buen mayordomo. —Dixon sintió que se ruborizaba por la burla que había en sus palabras.

Los vampiros subieron las escaleras de madera en pocos segundos, pero transcurrió casi una hora antes de que la anciana que estaba tumbada en el suelo, junto a la pared, en la habitación vecina, se levantara. Al hacerlo, tuvo que agarrarse al arcón esperando que se le pasara el temblor de piernas; se había asustado tanto con la conversación que se le había agarrotado el cuerpo. Se sacudió la ropa mecánicamente, mientras daba vueltas a la cabeza a todo lo que había escuchado. Esa noche había tenido suerte, ya que había bajado a dejar varias cosas en la despensa por orden de la cocinera cuando escuchó bajar a Dixon, y se tumbó en el suelo a escuchar. Ni siquiera supo cuánto tiempo tardó Sanderson en acompañarlo, pero debió de ser mucho, porque se quedó dormida y se despertó al escucharlo hablar.

Cuando estuvo segura de que se habían acostado, se quitó los zapatos para no hacer ruido y caminó a oscuras hasta su dormitorio. Se acostó enseguida, pero no pegó ojo en toda la noche ideando un plan. Cuando llegó el amanecer, ya se había retocado el maquillaje y el disfraz, y salió al pasillo, otra vez descalza, para dirigirse a la habitación de Violet Dixon. Tenía que hablar con ella lo antes posible.

～

ALFRED ENTRÓ en la cocina creyendo que Annie estaba sola, pero se equivocaba. Como no quería hablar con él, había alargado las tareas de la pinche para que siguiera por allí y no tener que quedarse a solas con él. Se miraron, igual de enfadados, y Daisy, que estaba picando verduras, examinó la cara de uno y de otro y agrandó los ojos, asustada. Todos los sirvientes de la casa se habían dado cuenta de que las relaciones entre el mayordomo y la cocinera no pasaban por su mejor momento, y Daisy temía que la discusión que estaba a punto de producirse, la pillara en medio. Pero Alfred no quería testigos.

—Daisy, sube a las habitaciones a ayudar a la doncella —la muchacha asintió y, limpiándose las manos en el delantal, salió sin abrir la boca por la puerta que Alfred mantuvo abierta, hasta que obedeció. Luego, él cruzó los brazos y miró a Annie en silencio y ella hizo lo mismo, observándolo con los ojos entrecerrados, y con las manos en las caderas. Alfred apretó los labios.

—Veo que insistes en tu cabezonería. ¿Quieres que sigamos así eternamente?, ¿tan horrible te parece ser mi esposa?, ¿es eso? —Ella no contestó. Siguió batiendo la crema para el pastel que estaba preparando, con mucha más energía que antes de que Alfred llegara—. ¿No vas a contestar? —Esperó un par de minutos más y luego hizo lo peor que podía hacer—. Imagino que si no quieres casarte conmigo es porque crees que no soy suficiente para ti. —Sabía que lo que estaba diciendo no era verdad, pero el dolor que sentía le impedía pensar con claridad—. Pues no pienso volver a acostarme contigo, hasta que entres en razón. —En el mismo instante en el que dijo la frase, supo que era un error que le iba a costar caro y no estaba pensando en nada físico. Y menos en el cucharón que salió volando por los aires, con destino a su cabeza. Afortunadamente, Annie tenía muy mala puntería.

Alfred apretó los labios conteniéndose para no acercarse a ella, cogerla en sus brazos y besarla hasta que se le pasara el enfado y entrara en razón. Finalmente, lo que hizo fue salir de la cocina lo más deprisa que pudo antes de que el amor de su vida encontrara más proyectiles que lanzarle.

~

ESE DÍA HABÍA crema de puerros de primero, una de las especialidades de Annie, pero después de la primera cucharada, Kristel y Kirby se miraron horrorizados. Ella dejó la cuchara junto al plato, la lengua se le había adormecido, como si hubiera comido algo muy picante. El sabor que se le había quedado en la boca, además, era repugnante y por la cara de Kirby, él opinaba lo mismo. La miró y ella le dijo lo que pensaba, aunque algo apesadumbrada:

—Lo siento, pero está asqueroso. —Él estaba de acuerdo y se levantó para hablar con Alfred. De camino a la cocina, se encontró con la doncella y prefirió no entrar porque los sirvientes de la casa estarían comiendo.

—Dile a Alfred que venga, por favor. —Estaba seguro de que su mayordomo tenía algo que ver con este desastre.

Tardó unos minutos en llegar y cuando lo hizo, respiraba agitadamente y estaba rojo, como si hubiera estado haciendo algún esfuerzo físico.

—Lo siento, señor, estaba cortando madera. —Kristel lo observaba asombrada, estaba segura de que esa no era una de las funciones de un mayordomo. Alfred sacó un pañuelo y se secó el sudor del rostro, volviendo a pedir disculpas con un murmullo.

—¿Puedes cerrar la puerta, Alfred?

El mayordomo lo hizo, volviendo a colocarse frente a Kirby en silencio.

—La crema de puerros que nos han servido hoy no se puede comer. —Alfred agachó la cabeza con un suspiro como si fuera culpa suya, pero siguió callado—. Alfred, ¿qué pasa? Todos hemos notado la tensión que se respira en la casa. No he dicho nada hasta ahora porque esperaba que lo solucionarais vosotros solos, pero lleváis varios días así y me gustaría ayudar, si puedo.

—No es posible, señor. Pero muchas gracias por el ofreci-
miento. —Kristel esperó a que Kirby dijera algo más, pero él
no lo hizo, solo suspiró aceptando su palabra y concluyó:

—Como quieras. Entonces que se lleven esto —señaló sus
platos—, y diles que nos traigan algo decente. —Alfred los
recogió y cuando se inclinó junto a Kristel, ella pudo ver la
angustia de su mirada. Cuando se fue, susurró:

—¿Sabes qué les pasa?

—Ella no quiere casarse con él.

—¿Por qué no? —Hasta ella, que vivía en su propio
mundo rodeada de libros, se había dado cuenta de que
estaban muy enamorados. Kirby se encogió de hombros,
aunque su cara era de frustración.

—Alfred no sabe por qué. No sé cuántas veces se lo ha
pedido..., y seguro que esto lo ha provocado un último
intento. Ella creció en un orfanato y puede que eso tenga
algo que ver; con doce años tuvo que empezar a trabajar y,
hasta que llegó aquí, fue dando tumbos por ahí y debió de
pasarlo muy mal. Creo que desconfía de los sentimientos de
Alfred hacia ella.

—¡Pero si él está loco por ella! —Kirby sonrió tristemente,
mirando el lugar por el que se había marchado el
mayordomo.

—Sí. Además, conozco a Alfred desde siempre y nunca
había estado enamorado, hasta ahora. Lo siento por él. —Lo
entendía demasiado bien porque él podía estar en su misma
situación si Kristel no lo hubiera aceptado. Cogió su mano
derecha y la besó, ella arqueó las cejas, complacida.

—¿Y eso?

—Porque soy muy afortunado.

—Me gustaría hablar con ella. —Hasta Kristel parecía
sorprendida por lo que acababa de decir.

—¿Con Annie?

—Sí, aunque ya sabes que no tengo demasiada experiencia. Mi única amiga durante muchos años ha sido Nimué.

Él ya sabía que Nimué la había salvado en la peor época de su vida y que siempre le estaría agradecida. No solo la había acogido cuando nadie más lo habría hecho por miedo a *La Hermandad*, además, la consoló y le dio un hogar, haciendo que se sintiera segura. Y siguió enseñándola, tal y como había hecho su padre. Además de una gran persona, era una maestra excepcional.

—No estoy seguro de que sea una buena idea. —Tenía que ser sincero, no solo por Annie, también por ella.

—No creo que lo empeore, ¿no?

—Sinceramente, no lo sé.

Se callaron por la entrada de Alfred, que volvía con una bandeja en la que traía ensalada y carne fría; debía ser lo que Annie había preparado para la cena. Cuando se marchó dejándolos solos de nuevo, Kirby había cambiado de opinión:

—De acuerdo, hazlo. Mucho me temo que, si esto sigue así, ella termine marchándose.

~

KRISTEL SE NEGÓ a que Kirby la acompañara, pensando que sería mejor si iba ella sola. Y, esa misma tarde, abrió la puerta de la cocina y vio a Annie sola, sentada junto a la enorme mesa donde solía trabajar mientras dos gruesos lagrimones le caían por las mejillas. Carraspeó para hacerle saber que estaba allí y entró.

—Hola. —Annie se secó los ojos con el delantal, antes de hablar:

—¿Quiere algo?

—Sí —contestó Kristel muy seria. Había quedado con Kirby en que no las molestarían en un rato, pero, cuando estuvo frente a la cocinera, dudó de poder convencerla de nada. ¿Qué sabía ella de la angustia o la tristeza que habría en su corazón? Pero había dicho que lo intentaría—. He venido a preguntarle si puede hacerme un té, Annie, tengo el estómago un poco revuelto, ¿le importa que me siente? —susurró. Lo de sentarse se le acababa de ocurrir, imaginaba que sería más fácil hablar con ella si estaban cómodas. Y lo del estómago había sido buena idea porque Annie reaccionó enseguida.

—Claro que sí, pobrecilla. Siéntese aquí, por favor. —Sacó un taburete que había bajo la mesa y se lo ofreció, después de limpiarlo con un trapo—. Ahora mismo le hago un té, eso la calmará. Siempre tengo agua caliente. —A Kristel le pareció que cojeaba un poco más de lo habitual, seguramente debido al cansancio y, cuando le entregó la taza de té, le preguntó, poniendo la cara más inocente que pudo:

—¿Le importaría sentarse conmigo unos minutos? Solo mientras me lo bebo. —La cocinera pareció horrorizada.

—No, no puedo... no estaría bien que me sentara con usted.

Kristel insistió:

—No veo por qué no. Será un momento. Por favor. —Annie la miró, desconfiando.

—¿Alfred les ha dicho algo?

—¿Sobre qué? —La aparente inocencia del rostro de Kristel la tranquilizó, pero no contestó a su pregunta—. Por favor, Annie, ¿no podría hacer una excepción? No me encuentro demasiado bien —mintió con una soltura que la asombró a ella misma. Finalmente, la otra mujer accedió con un murmullo y se sentó en el taburete que había ocupado antes.

Kristel tomó un sorbo del té pensando frenéticamente, sin saber cómo continuar. Afortunadamente, Annie la ayudó.

—¿Quieren que haga su pastel de boda? —La miró fijamente, con la mente en blanco.

—Si le digo la verdad, no lo hemos hablado, pero creo que nos gustaría porque a los dos nos encanta cómo cocina.

—A mí también me agradaría mucho hacerlo.

—¿Ha hecho muchos pasteles de boda? —La boca de la cocinera tembló y carraspeó.

—Ninguno —su voz sonaba ahogada, le costaba hablar y Kristel imaginó por qué.

—Annie, ¿quiere hablar sobre ello? —La cocinera negó con la cabeza y volvió a limpiarse las lágrimas.

—Está bien, pero ¿le importa si hablo yo?

—¿Sobre qué?

—Sobre mí. —Al ver que no se negaba, se decidió—: No sé si lo sabrá, pero soy híbrida, ¿conoce esa palabra? —Annie asintió, con cara de sorpresa—. ¿No lo sabía?

—No, creíamos, bueno… yo creía que era vampira.

—Mi padre era humano. Mi madre nos abandonó cuando yo era una niña y, años después, él murió asesinado por *La Hermandad.* Afortunadamente, una amiga de mi padre me llevó a vivir con ella, porque tuve que desaparecer.

—¿Por qué? —Viendo el dolor en el rostro de Annie, supo por qué Alfred estaba tan enamorado de ella.

—Porque *La Hermandad* había puesto precio a mi cabeza, no contentos con asesinar a mi padre, querían hacer lo mismo conmigo. Y ahora han vuelto a amenazarme con hacerlo, ¿lo sabías? —Sin darse cuenta, empezó a tutearla. Annie contestó con la voz ronca:

—Sabía que pasaba algo, por los dos hombres que siempre están vigilando fuera, pero Alfred y yo hace días que no hablamos y no me ha contado nada. Solo me dijo que tuviera cuidado y que no saliera sola bajo ningún concepto. Ninguno de los que trabajamos en la casa debemos hacerlo.

—Sí. Y después de todo eso, Kirby me pide que me case con él. Cuando mi madre nos abandonó, yo me prometí que no dejaría que nadie hiciera conmigo, lo que ella le había hecho a mi padre. Siempre he estado segura de que no tendría pareja, ni hijos, hasta que conocí a Kirby. Pero lo que de verdad lo cambió todo, fue venir a vivir aquí y conocerlo de verdad. Porque él me hace feliz. ¿Me entiendes, Annie? — La cocinera lloraba silenciosamente, pero Kristel intuía que no lo hacía por lo que le estaba contando, sino porque se veía reflejada en sus palabras—. Y no voy a permitir que nadie, sea quien sea, me robe la felicidad a la que tengo derecho. — Se terminó el té, que se había quedado frío, y se levantó. Antes de marcharse, puso una mano cubriendo una de la muchacha, intentando consolarla—. La vida es corta, Annie, y tenemos que hacer lo posible para ser felices mientras podamos. Gracias por el té, estaba muy bueno.

Salió en busca de Kirby, que la esperaba para dar su paseo. Saliendo a la calle, él le preguntó qué tal había ido la conversación.

—No sé qué decirte. He hecho lo que he podido, pero ella no me ha dicho lo que va a hacer.

—Annie es un hueso duro de roer, pero espero que acabe cediendo. Por el bien de los dos.

—Sí —confirmó ella.

El resto del día no hubo ninguna novedad, pero, a la mañana siguiente, cuando bajaron a desayunar, Alfred le pidió a Kirby que esperara un momento porque tenía que decirle algo. Kristel entró en el comedor y comenzó a servirse el desayuno, porque le parecía de mala educación quedarse como un pasmarote escuchando la conversación. Minutos más tarde, entró Kirby, muy sonriente y se acercó a ella, que seguía junto a las fuentes de comida.

—Alfred quería decirme que Annie ha accedido a casarse. Me complace comprobar que no solo haces conmigo lo que quieres, sino que puedes extender tu magia a los demás — murmuró, antes de besarla con todo el amor que sentía en su corazón.

∼

LA BODA entre Alfred y Annie fue oficiada por Kirby una tarde, dos días después, en el jardín de la casa. La novia eligió ese momento porque prefería que solo ellos cuatro estuvieran presentes. Kristel custodió el ramo nupcial durante la ceremonia, observando lo bonita que estaba con el vestido que ella le había acompañado a comprar y que Kirby insistió en pagar.

Annie sonrió, feliz, durante toda la ceremonia y Alfred no pudo parar de llorar.

CAPÍTULO 18

irby se levantó despacio, intentando no despertarla, pero ella volvió la cabeza hacia él sin abrir los ojos, todavía medio dormida.

—¿Ya es la hora? —Se inclinó lo suficiente para besar el lóbulo de su oreja.

—No, amor mío, descansa un poco más. He quedado con Burke un poco antes para hablar —susurró.

Casi no habían dormido la noche anterior porque la cena, en la que estuvieron presentes los novios, los padres de Kirby y Nimué, fue tan agradable que todos se fueron a acostar cuando ya había amanecido. Pero, debido a los preparativos de la boda, tanto él como Kristel se habían tenido que levantar muy temprano esa mañana y después de comer se habían acostado un rato. Dentro de pocas horas llegarían los invitados que cenarían esa noche con ellos y su escasa familia. Y se casarían al día siguiente por la mañana.

Esperó unos segundos a que volviera a dormirse y se levantó dirigiéndose a la habitación contigua, que ambos usaban como vestidor. Una vez vestido, bajó a la planta baja y salió de la casa. Cerca, en el jardín, encontró a uno de los guardas.

—Buenos días, señor Richards.

—Hola, ¿te llamas Mac, verdad? —el hombre asintió con expresión grave. Era un hombre calvo, fibroso y con aspecto duro.

—Sí, señor.

—¿Los demás están repartidos por el jardín?

—Sí. Tal y como pidió, haremos rondas continuamente para evitar que nadie, que no esté invitado, entre en la finca.

—Escucharon un carruaje.

—Ahí está —murmuró Kirby, mirando hacia el camino—. Otro invitado tiene que llegar en media hora, más o menos. Los demás tardarán otro par de horas.

—Sí, señor. No se preocupe.

Burke Kavannagh bajó del coche con una sonrisa asomándole por debajo del bigote al vislumbrar a Kirby. Se abrazaron, contentos por verse y caminaron juntos hacia la entrada. Alfred los esperaba con la puerta abierta para recoger el abrigo del invitado.

—Buenas tardes, señor Kavannagh, y bienvenido —saludó, muy sonriente. Burke era un invitado habitual de la casa—. Hacía mucho tiempo que no lo veíamos por aquí.

—Gracias, Alfred. Me alegra decirte que ahora podré visitaros más a menudo. —Kirby lo miró, sorprendido, pero su amigo le echó una mirada diciéndole, sin palabras, que lo hablarían cuando estuvieran a solas.

—Alfred, estoy esperando al señor Brooks. En cuanto llegue, que pase al despacho, por favor.

—Por supuesto, señor.

—Sígueme, Burke.

A pesar de la hora, los sirvientes de la casa se movían rápidamente de un lado a otro, llevando jarrones con flores, llenando de leña las chimeneas y limpiando las habitaciones para que la casa estuviera impecable lo antes posible.

—Siéntate. —Kirby cerró la puerta para tener más intimidad y se acomodó en su silla, frente al escritorio y a su amigo.

—¿Cuántos vamos a ser? —El novio entrecerró los ojos, pensativo.

—Pocos, queremos una ceremonia íntima. Si no me equivoco, seremos Gale y Brianna; Killian y Gabrielle; Cian y Amélie; tú, Fenton, Cam... mis padres, y Nimué, por supuesto. Creo que no me olvido de nadie.

—¿Esa es la mujer que la escondieron en el colegio cuando asesinaron a su padre?

—Sí.

—Debe de ser muy valiente.

—Todavía no la conozco bien, pero por lo que Kristel me ha dicho, es excepcional.

Burke sacó un puro y comenzó a encenderlo y Kirby compuso una mueca burlona:

—¿Sigues fumando esos cigarros apestosos?

—Gruñes tanto como si tuvieras dos siglos más de los que tienes —le contestó—. ¿No te basta con que te haya prometido no fumar delante de los invitados?

—Sí, me basta —concedió con una sonrisa—, y te lo agradezco. —Sabía cuánto le costaba dejar de fumar.

—Bueno, creo que me escaparé en algún momento al jardín para poder hacerlo, así no molestaré a nadie. Ese privilegio solo lo tendréis mis amigos —ironizó.

—Es una gran suerte que nos tengas en tan alta estima —se carcajeó Kirby.

—Como ya hemos aclarado este tema tan importante, ¿vas a decirme por qué querías que viniera tan pronto? —Sus ojos lo miraban a través del humo que salía de su boca formando lánguidas espirales.

—Necesito un favor. Voy a hacer testamento y, como sabes, necesito un testigo. Quiero que seas tú. —Burke dejó el puro en un cenicero que Kirby había colocado estratégicamente en el escritorio—. ¿No dices nada?

—Sí, que eres un cabronazo con suerte.

—Ah, ¿sí?

—Estás tan feliz como si fueras un adolescente. —Kirby rio por lo bajo.

—Imagino que te pareceré un gilipollas, lo curioso es que no me importa. Incluso lo entiendo —concedió.

—Si quieres que te diga la verdad, lo que siento es un poco de envidia. Empiezo a pensar que puede que no sea tan malo encontrarla.

—¿Te refieres a tu velisha?

—Sí.

—Es lo mejor del mundo, Burke —su mirada se desvió hacia la puerta durante un segundo, como si a través de la madera y el hormigón pudiera comprobar que ella estaba bien—, aunque en parte da miedo pensar que mi felicidad depende solo de ella, me siento el vampiro más afortunado del mundo. —Usó adrede la frase que solían utilizar los machos humanos para estos casos y Burke sonrió ante el juego de palabras—. ¡Ojalá que tú también la encuentres!

—Te lo agradezco, pero me parece algo difícil. —Se removió, algo inquieto en la silla. De repente parecía incómodo y cambió de tema—: Me he enterado de que el cabrón del *Maestro* ha pedido la muerte de Kristel, además de la de las mujeres de Killian y Cian. —La sonrisa de Kirby desapareció —. Sabes que estoy a tu disposición para lo que necesites. Tienes la mala costumbre de no pedir ayuda nunca, pero recuerda que no estás solo. He visto que has puesto vigilancia en el jardín.

—Sí, son unos hombres que me ha recomendado Fenton.

Los he contratado de forma permanente; no sabemos cuánto durará todo esto.

—Hablaré con Killian para que *La Brigada* se haga cargo del coste. Los *Cuatro,* hemos decidido aumentar la asignación anual lo suficiente para que pueda hacer frente a este tipo de gastos. Y la seguridad de las mujeres es lo primero.

—Te lo agradezco, pero no es necesario, y Killian va a necesitar todo el dinero que pueda conseguir. Hace poco, me he enterado de que hay más policías corruptos de los que creemos, por lo menos en Cork, por lo que hay que reforzar *La Brigada* por todos los medios. Seguro que Killian ya os ha dicho que necesitan muchos más agentes y lo que cuesta adiestrarlos.

—¿Quién te ha dicho lo de los policías? —Kirby ladeó la cabeza, mirándolo.

—¿Recuerdas a Marcus Craven?

—Es un poli, ¿no? Me has hablado de él en alguna ocasión.

—El mismo. El otro día estuvo aquí para avisarme. Ha descubierto que varios de sus compañeros están siendo sobornados regularmente por *La Hermandad,* y que ya no sabe de quién puede fiarse. Y estoy seguro de que esa corrupción está extendida por todos los estamentos oficiales, en mayor o menor medida. Estamos en guerra, Burke, y debemos vencerlos lo antes posible para que no sigan matando a inocentes.

—No tienes que convencerme. Estoy contigo, todos estamos unidos en esto. Pero prométeme que me pedirás ayuda si la necesitas.

—Te aseguro que lo haría, aunque no me lo hubieras ofrecido, porque todo ha cambiado desde que tengo a Kristel. Es lo más importante para mí y haría lo que fuera para que no le pasara nada. —Burke, finalmente, apagó el puro.

—Me alegro mucho por ti, Kirby. Ya lo sabes.

—Lo sé.

—Esa sonrisa de bobo confirma hasta qué punto estás enamorado —bromeó. Kirby no contestó, simplemente siguió sonriendo, como si él conociera un secreto y su amigo no—. Ahora mismo crees que soy un desgraciado y que no sé lo que me pierdo. —Rieron a carcajadas.

—En tu lugar, yo pensaría lo mismo que tú. Con la de veces que nos hemos reído de los que hablaban del destino, del amor o de la unión de las almas… —confesó, divertido.

—Ya. —Por su expresión, Kirby decidió cambiar de tema.

—¿Cómo van tus cosas?

—Pues tengo una buena noticia que darte, aunque todavía no es oficial… —avisó—. Me han pedido que tome el mando, de momento, del puerto de Cobh.

—¿Vas a sustituir a Nolan?

—Solo durante un tiempo.

—¿Y tus negocios?

—Puedo con las dos cosas a la vez. Solo va a ser durante unos meses… —Pero Kirby lo conocía muy bien.

—¿Qué te traes entre manos?

—¡Qué retorcido eres! —Volvió a reír, pero se puso serio enseguida—.Tú mismo acabas de reconocer que estamos en guerra. Cobh va a ser uno de los puertos más importantes de Europa y no podemos permitir que caiga en manos de alguien afín a ellos; lo he hablado con Killian y está de acuerdo. Así que he movido algunos hilos y ya está hecho. Por cierto, ¿qué sabes sobre el asesinato de Nolan?

—No demasiado. La policía dice que fue un accidente.

—Ya sé lo que dice, he leído el informe. ¿Qué crees tú?

—Que lo asesinaron. Su secretaria también está de acuerdo y le prometí que lo investigaría más a fondo.

—También es casualidad que muriera unos días después que el director del Enigma de Cork, ¿no te parece?

—Sí, demasiada. Y ese tipo de casualidades no existen.

—No —confirmó Burke con un gruñido—, y pasando al tema por el que nos hemos reunido… ¿cómo has conseguido engañar a una mujer hermosa e inteligente para que se case contigo? —Kirby rio a carcajadas dejando admirado a su amigo, que nunca lo había visto tan feliz.

—Si quieres que te diga la verdad, creo que aceptó porque le di pena. —Los dos volvieron a reír.

—Además de hermosa, tiene buen corazón.

—Es la mejor —afirmó el juez, entre risas.

Alfred llamó a la puerta y, cuando abrió, se apartó para dejar paso al siguiente invitado. Los dos se levantaron al ver a Cameron Brooks.

—¡Cam! ¡Cuánto tiempo!

—¡No sabéis cuánto me alegro de veros! Hace demasiado que no hablo con verdaderos amigos.

—Si no trabajaras tanto, podríamos vernos más a menudo. —Burke le dio una fuerte palmada en el hombro derecho, pero, a pesar de su ímpetu, el cuerpo del abogado no se movió ni un centímetro—. Veo que sigues igual de fuerte que siempre. Por ti no pasan los años, ni los siglos —bromeó. Kirby los interrumpió antes de que empezaran a discutir acerca de quién, de los dos, era el más viejo.

—Si no os importa, ocupémonos del motivo por el que os he hecho venir antes que nadie, y luego podéis discutir como dos críos todo el tiempo que queráis —Camerón asintió con una mueca.

—Por supuesto. —Cogió la cartera que había dejado sobre la mesa y sacó unas cuantas páginas de aspecto legal que presentó ante su amigo—. Ahí tienes tu testamento: léelo, pero creo que no me he olvidado de ninguna de las estipulaciones. —El juez lo hizo en pocos minutos.

—Está bien. —Miró a Burke—. Antes de que firmes como testigo debes saber que lego todos mis bienes a Kristel Hamilton, mi futura esposa, cuando yo muera —Burke asintió, entendiendo la importancia de aquella ceremonia. En el caso de que hubiera algún problema, él mismo tendría que luchar porque se cumpliera la última voluntad de su amigo.

—Estoy seguro de que nos enterrarás a todos, pero si no fuera así, tienes mi palabra de que todo se hará como lo has dispuesto. Y de que protegeré a tu mujer mientras viva.

La expresión de Kirby se relajó porque conocía muy bien el valor de la palabra de Burke. Esperaba disfrutar de largos y felices años junto a su mujer, pero desde que su hermana hubiera desaparecido tantos años atrás, había aprendido de la forma más dura posible que no había nada seguro en la vida.

Kristel se despertó. Alguien llamaba a la puerta del dormitorio.

—¿Quién es? —Bostezó, medio dormida. Se sentó en la cama buscando las zapatillas.

—Soy yo, cariño. Es la hora del té, ¿nos lo tomamos juntas? Ayer casi no pudimos hablar…

—¡Nimué! —susurró, feliz—. Pasa, por favor…

Se puso la bata mientras caminaba hacia la puerta, casi sin creerse que hubiera venido. La dejó pasar y la abrazó impulsivamente. Nimué, sorprendida, le devolvió el abrazo.

—¡Qué cariñosa estás! Tengo venir a verte más a menudo.

—¡Ojalá! —contestó, sonriente—. Espera un momento mientras me visto. ¿Has podido dormir algo?

—Sí, decidí echarme un rato, como vosotros, después de comer y estoy muy bien.

—Mentirosa —reprochó suavemente—. Tienes cara de cansada. Tenías que haber venido hace días.

—Ya te dije que no podía faltar a la reunión de Maeve. ¡Imagínate!, solo acudimos cinco mujeres y eso que se trataba de una charla sobre nuestros derechos. —Movió la cabeza negativamente—. No sé cómo vamos a conseguir algo, si nosotras mismas no somos capaces de luchar por lo nuestro. —Kristel la miraba sin decir nada y Nimué se disculpó—. Perdóname, ya sé que no es el día más adecuado para hablar sobre esto. ¿Nos vamos? Te confieso que me comería una vaca.

—Te creo, pero si no te importa, antes pasaremos a preguntar al guapísimo novio si quiere acompañarnos. —Se alisó la falda del vestido y echó un vistazo a su amiga.

Era mucho más alta que Kristel y tenía el pelo de un color rojo oscuro, parecido al de las cerezas maduras y lo llevaba peinado en un moño sencillo y elegante. La inteligencia seguía brillando en sus expresivos ojos grises, rodeados de pequeñas arrugas y su mentón seguía siendo firme y arrogante.

—Casi no has cambiado desde que te conocí —dijo, a punto de abrir la puerta.

—Mentirosa. —Esta vez el reproche cariñoso se lo dirigió Nimué a ella, mientras observaba su rostro con interés.

—Tú estás más guapa que nunca y sorprendentemente feliz. —Kristel rio al escucharla.

Conocía de sobra la desconfianza de su amiga hacia los hombres, sobre todo en lo tocante al vínculo del matrimonio.

—Me choca que no estés intentando convencerme para que no me case. Te confieso que me daba algo de miedo decírtelo.

—¿De verdad?

—En el fondo, no —rectificó—. Sabía que, en cuanto vieras lo feliz que soy, te convencerías.

—¿Cómo no voy a estar conforme con tu elección, después de ver esa sonrisa? —su contestación provocó que su sonrisa se hiciera más grande.

—Vamos, ¡yo también me comería una vaca! Será por los

nervios... —Le cogió de la mano, feliz como una niña, y bajaron por las escaleras charlando, emocionadas por estar juntas de nuevo. Cuando llegaron a la planta baja, giraron a la derecha para dirigirse al despacho. Pero Kristel se detuvo un momento al ver que el mayordomo salía del comedor.

—Alfred, perdona, ¿Kirby está en el despacho?

—Sí, señora.

Cuando estuvieron ante la puerta, llamó y entró directamente.

—¡Kirby, venimos a raptarte para tomar el té! ¡Hola, Burke! —saludó al naviero al verlo.

Lo conocía porque los *Cuatro Legendarios* se reunían en el Club Enigma habitualmente; lo que no sabía hasta que Kirby se lo confesó hacía poco, era que se trataba de uno de sus mejores amigos. Por el rabillo del ojo vio a otro invitado al que no conocía y, mientras Kirby presentaba a Nimué y a Burke, se acercó a él. Se había levantado cuando ellas habían entrado, al igual que Kirby y Burke.

—Hola, soy Kristel Hamilton —Pero el desconocido no la miró, su mirada estaba fija en Nimué y parecía estar... impresionado. Kirby se volvió hacia ellos, para presentar a Nimué y a Cam, pero el abogado se había quedado inmóvil y mudo, de repente. Nimué, que estaba riendo por algo que le acababa de decir Burke, miró hacia Cam y su risa se quedó congelada, poniéndose tan pálida que Kristel pensó que se iba a desmayar. Se acercó a ella, preocupada:

—¿Te sientes mal? —la mujer asintió, apartando la mirada de Cameron.

—Sí, perdonad —susurró, temblándole la voz—, pero me gustaría volver a mi habitación.

—Por supuesto. —Kristel la abrazó por la cintura, echando una mirada extrañada a Kirby, que las acompañó hasta el pasillo. Preguntó a Nimué si quería que llamaran al médico, pero ella contestó que no era necesario.

—Es solo cansancio, enseguida estaré bien. —Kirby y Kristel se miraron, sabiendo que no era cierto.

Cuando desaparecieron camino de las escaleras, Kirby volvió al despacho. Cam estaba dando vueltas de un lado a otro, esperándolo. Lo miró inquisitivamente, ansioso.

—¿Cómo está?

—¿Te refieres a Nimué?

—Claro.

—No tenía ni idea de que os conocierais.

—Hace muchos años fuimos… amigos.

Kirby se dejó caer en su asiento.

—Siéntate, Cam. Y cálmate, por favor. —El juez se pinzó la nariz deseando haberse ido a Gretna Green con Kristel y haberse casado sin avisar a nadie.

—Si quieres contarnos algo… —Burke estaba deseando enterarse de la historia.

Cam hizo caso a Kirby y se sentó. Cualquiera que lo conociera podía ver que estaba muy afectado.

—Esto es increíble. —Se frotaba la sien derecha, como si le doliera—. Nimué y yo coincidimos hace muchos años en la universidad. Ella era una adelantada a su época, fue la primera mujer que entró en derecho. Tuvo que convencer a los de la junta para que la dejaran hacerlo, pero tenía el apoyo de su padrino, un reputado profesor amigo de sus padres que sentía debilidad por ella. La quería como si fuera una hija. —Kirby lo escuchaba fascinado porque había estudiado en la misma universidad que Cam—. Ella y yo… nos enamoramos, pero le mentí, haciéndole daño. —Se encogió de hombros sin entender, después de tantos años, por qué había actuado así—. Ella dejó la universidad, y nunca más pude volver a acercarme a ella. Lo intenté muchas veces, pero siempre huía al verme, como acaba de hacer —suspiró, sombrío—. Aquella fue la mejor época de mi vida —los miró con cara de sorpresa—, pero ha ocurrido algo que ella desconoce y, ahora, no tiene más remedio que hablar conmigo.

—¿A qué te refieres?

—Hace unos días apareció el cadáver de un anciano vampiro en una de las playas de Sandymount.

—Eso está cerca de Dublín, ¿no?

—Sí, en tren se tarda unos diez minutos, más o menos —suspiró—. Al principio, la policía pensó que se trataba de un vagabundo, incluso estuvieron a punto de enterrarlo en una fosa común, pero ayer me avisaron porque descubrieron que se trataba de Cedric Saint John. —Los dos reconocieron el nombre, pero Kirby se quedó impresionado—. Era el padrino de Nimué. Yo era su abogado y por eso conozco las condiciones de su testamento. Deja una casa que hereda un sobrino, el hijo de su hermana, porque ella murió hace años, pero la heredera de todos los objetos que hay dentro de la casa es Nimué. Mañana, después de llegar a Dublín, iba a escribirle una carta. Pero ya que está aquí, tengo que hablar con ella, Kirby. —Lo miró.

—Cedric me dio clase en la universidad. Era un magnífico profesor —murmuró el juez, sin comprometerse a la petición. No sabía si Nimué querría hablar con él y haría lo que ella quisiera—. ¿Por qué pensaba la policía que era un vagabundo?

—Cuando encontraron el cuerpo, estaba destrozado y no todo era efecto del agua. Debieron de estar torturándolo durante días, puede que semanas, antes de matarlo con un golpe en la nuca. Tenía rotos casi todos los huesos. —Kirby y Burke se miraron ambos, extrañados.

—No parecía de esos, ¿es posible que estuviera metido en algún lío?

—No, no. Yo lo conocía bien. Trabajé con él durante unos años, después de conseguir el título. Me encargaba de dar las clases en su lugar, para que tuviera tiempo de traducir documentos de la antigua lengua a la actual. Así fue como conocí a Nimué. Cuando empezó a estudiar derecho, venía a mis clases —se calló repentinamente, al ver la expresión de Kirby.

—¡Ahora lo recuerdo! En aquella época estaba considerado como el mayor experto en textos antiguos, a pesar de que eso no tenía mucho que ver con su profesión —murmuró.

—Sí, había estudiado derecho siguiendo la tradición familiar, pero su verdadera pasión era interpretar textos antiguos. Tardó años en revisar y mejorar la traducción de algunos de los pergaminos más antiguos de la ley vampírica; por eso necesitaba que alguien lo ayudara con las clases y me llamó, por si me interesaba el puesto. Por entonces yo no tenía muy claro si quería seguir ejerciendo como abogado y acepté. Cedric era muy apreciado por todos los alumnos y por el resto del profesorado, era una buena persona y estaba totalmente volcado en su trabajo.

—Tiene que ser él... —murmuró Kirby—. Esperad aquí —ordenó. No quería que lo siguieran. Cam y Burke observaron cómo salía, casi corriendo, al pasillo. Subió las escaleras de dos en dos y se dirigió al dormitorio que Kristel y él compartían.

—Soy yo, cariño, ¿puedo pasar? Tengo que hablar con Nimué.

Ella abrió la puerta con una mueca y Kirby se dio cuenta de que la conversación con Nimué no había sido agradable.

—Pasa. —Dejó la puerta abierta y volvió junto a su amiga, que estaba sentada en el banco que Kristel utilizaba para leer junto a la ventana. Se detuvo junto a Kristel, pero miraba a Nimué.

—Siento que no te encuentres bien, pero hay algo importante que debes saber. Deberías bajar a hablar con Cam. —La mujer se estremeció al escuchar ese nombre y rompió su mutismo.

—No quiero verlo. —Destilaba furia por todo su cuerpo y Kristel intercedió.

—Kirby, díselo tú, por favor. Ella no bajará, acaba de decirme que quiere marcharse sin presenciar la boda. Todo por no ver a Cam. —Kirby afinó los labios, contrariado por la tristeza que rezumaba su mujer.

—Está bien. —Cogió la silla que había junto al tocador y se sentó al lado de Nimué—. Siento tener que darte la noticia así. Es sobre un amigo tuyo, alguien a quien tienes mucho cariño: Cedric Saint John.

—¿Qué le ha pasado? —Sus ojos se agrandaron, angustiados. Kirby retrasó la respuesta inconscientemente, mientras buscaba la mejor forma de decírselo, pero ella se anticipó—: ¿Ha... ha muerto?

—Sí, lo siento mucho. Cam dice que iba a decírtelo cuando volviera a Dublín y comunicarte algunas de las disposiciones de su testamento.

Dos arroyos de lágrimas silenciosas rodaron por las mejillas de Nimué. Kristel le dio un pañuelo que cogió de su tocador y se sentó a su lado, abrazándola por la cintura.

—¿Qué le ha pasado?

—Su cuerpo ha aparecido en una playa, pero no ha muerto ahogado. Alguien lo lanzó al agua después de matarlo. Cuando Cam me ha recordado que conocía la lengua antigua y que era un experto traductor, se me ha ocurrido que podría ser cosa de *La Hermandad.* Que lo hayan utilizado para traducir los pergaminos de Cobh. —Miró a Kristel, que había contenido la respiración al escucharlo.

Kirby no quiso contar a Nimué, al menos de momento, lo de las torturas. Ella lo sorprendió al levantarse, furiosa:

—¿Han sido ellos? —El odio que sentía hacia *La Hermandad* desde el asesinato de Alexander Hamilton, se había recrudecido desde que se había enterado de que habían vuelto a condenar a muerte a Kristel.

—Todavía no lo sé, por eso me gustaría hacerte unas preguntas. Es posible que recuerdes algo que nos haga confirmar si lo obligaron a traducir los pergaminos de Cobh. Baja cuando quieras.

—Voy contigo. Podéis preguntarme lo que queráis. —Kristel intentó detenerla, pero no tuvo ningún éxito y los tres volvieron a bajar. Nimué, algo avergonzada, confesó en voz baja:

—Siento todo esto, Kristel.

—No te preocupes, Kirby y yo sabíamos que este no era el momento perfecto para una boda, pero queremos aprovechar al máximo el tiempo que tenemos juntos.

Kirby, que había ofrecido el brazo a Nimué para bajar por la escaleras, le dijo:

—Si no quieres hablar con Cameron, no es necesario que lo hagas. —Pero ella levantó la barbilla, decidida.

—Haré lo que sea para que esos brutos paguen por lo que han hecho, incluso hablar con Cam. —Se limpió los ojos con el pañuelo y afirmó, con la mandíbula tirante—: Lo que sea.

—Como quieras.

CAPÍTULO 19

*C*uando entraron en el despacho, la tensión se incrementó notablemente, pero nadie dijo nada. Kirby invitó a Nimué a que se sentara frente a él, de manera que no pudiera ver a Cam. Como nadie parecía decidirse a hablar, Burke, dijo:

—Deberíamos pedirle a Killian que hable con sus contactos de la policía. El profesor se merece que descubramos quién lo torturó de una manera tan cruel para después tirarlo, muerto, al mar; aunque todos imaginamos quiénes han sido. —Nimué se estremeció, aunque ya había intuido que el juez le había ocultado parte de los detalles de la muerte de su padrino, para evitarle sufrimientos.

—Cedric tenía una caja fuerte —murmuró con la cabeza agachada. Su voz, ronca y afligida, hizo que el vello de Cam se pusiera de punta.

—¿Para qué? —Kirby le habló con la dulzura que Kristel conocía y Nimué se encogió de hombros.

—No lo sé exactamente, pero conozco el lugar donde está escondida. Me lo enseñó y me hizo recitar la clave. Quería asegurarse de que yo sería la encargada de abrirla, si él moría.

—¿Podría haber dentro algo que incriminara a *La Hermandad?* —la pregunta de Kristel nacía del deseo, pero todos habían pensado lo mismo.

—No lo sé. No sé lo que hay dentro.

—Alguien tiene que ir a abrirla —propuso Burke. Kirby estuvo de acuerdo.

—Si me dices dónde está y la clave... iré yo. —Cam se ofreció humildemente. Haría lo que fuera por ella.

—No. Iré yo —contestó ella, indignada porque se atreviera a hablarla.

—No puedes ir sola —terció Kirby.

—Pues que me acompañe otro. —En ese instante, el juez vio de dónde venía la tozudez de Kristel. Y, al igual que le ocurría con su mujer, sabía que no servía de nada ponerse igual de testarudo que ella.

—Si no puedes ir con Cam, yo te acompañaré. Pero tendrá que ser después de la boda —sugirió intentando no mirar la cara de decepción de su mujer.

Nimué se quedó boquiabierta, pero reaccionó enseguida.

—¡Por supuesto que no! ¡No puedes dejar a Kristel sola el día de su boda! —Kirby se encogió de hombros, pero no dijo nada. Había aprendido a utilizar el silencio como un arma hacía mucho, y Nimué cedió.

—Está bien. ¡Pero no puede hablarme en ningún momento! —indignada, se levantó y salió del despacho. Kristel la siguió, lanzando antes a su futuro marido una mirada con la que le decía que bajaría enseguida.

∿

KRISTEL LLEVÓ a Nimué a su habitación y la dejó acostada.

—Subiré dentro de un rato para ver cómo estás.

—Pero avísame para la cena.

—Claro que sí. No te preocupes. —Le dio un beso y se dirigió a su dormitorio.

Allí se cambió, poniéndose el vestido de lana color granate que tanto le gustaba a Kirby y se dejó suelto el pelo. Cuando terminó, entró a ver a Nimué. Seguía acostada, pero tenía los ojos cerrados. Cerró la puerta sin hacer ruido, esperando que pudiera dormir un poco antes de la cena. Y bajó al despacho. A Kirby, Cam y Burke, los acompañaban el resto de los *Cuatro Legendarios*. Todos se levantaron respetuosamente cuando entró.

El primero en acercarse a saludarla fue James MacKenna. Era el dueño de varios periódicos, incluidos los que tenían más tirada en Dublín y Londres. Besó su mano con una sonrisa asomando en sus ojos azules:

—Mi más sincera felicitación, Kristel.

Niall Collins, conde de Sheffield, solo inclinó la cabeza ante ella, poco acostumbrado a tocar a la gente. Era algo que no le gustaba hacer desde niño debido a su albinismo. Kristel ya lo conocía, por el club Enigma, y le respondió con una sonrisa e idéntica inclinación de cabeza. Por último, un coronel retirado al que todos ellos llamaban Dagger, también besó su mano deseándole en voz baja que fuera muy feliz.

—Siéntate un momento, cariño. —Kirby colocó una silla a su lado y ella se acomodó, mirando a los invitados de frente —. Estábamos hablando de la extraña muerte de Cedric. Y de lo que puede significar.

—Parece que estaban desesperados por conocer el significado de los pergaminos. —La preocupación era palpable en los rostros de todos, pero el que hizo la observación fue James Mackenna. Siempre estaba muy bien informado y solía colaborar con Killian pasándole todas las informaciones que pudieran interesar a *La Brigada*—. Lo que es muy preocupante ahora que sabemos lo que contienen. —Burke tenía una duda.

—¿Sabías lo que le había ocurrido al profesor Saint John? —Mackenna asintió, pasándose la mano por el alborotado pelo castaño.

—Lamento decir que sí, incluso envié a uno de mis reporteros para escribir un artículo. Pero, aunque me avergüenza confesarlo, en ningún momento se me ocurrió que pudiera haber sido víctima de esos animales.

Se levantó, nervioso, y anduvo hacia la puerta. Todos conocían su carácter impulsivo, muy parecido al de Burke, aunque este, quizás por ser algo mayor, se solía controlar un poco mejor

—¡Joder, qué estúpido soy! —Se apoyó contra la pared con los brazos cruzados y el enfado chispeando en su mirada. Kirby decidió reconducir la situación.

—Esto demuestra que es más importante que nunca que informemos a Killian sobre cualquier cosa inusual. Da igual que la veamos nosotros o que nos hablen sobre ella. Killian no llegará hasta mañana, ha preferido quedarse a pasar la noche, por seguridad, en casa de Gale.

—¿Vienen todos?

—Sí, Killian y Gabrielle; Cian y Amélie; y Gale y Brianna.

—No recuerdo otra época tan dura como esta, en ningún momento de la historia, en la que las mujeres fueran el objetivo de los criminales más salvajes de la sociedad. Es inaceptable y lucharemos contra ellos hasta la muerte —Dagger se dirigió a Kristel y ella se emocionó.

—Gracias, Dagger.

—Kristel, ¿sabes cuándo se va a poner en práctica la supuesta reencarnación? —Solo Burke podía preguntar algo semejante con una mueca burlona, como si tuviera mucha gracia.

—Burke, no seas bruto —le regañó Niall, que era el más

estirado del grupo y lo miró entrecerrando sus ojos rojizos (ese era su color habitual). Burke arqueó una ceja en su dirección, pero no le contestó, siguió mirando inquisitivamente a Kristel.

—Falta algo más de un año.

—¿Cómo lo sabes?

—Porque tiene que ser un veintinueve de febrero.

—El año que viene es bisiesto —murmuró Burke, sin darse cuenta de que hablaba en voz alta.

—Exacto —corroboró Kirby.

∿

Finalmente, Nimué le había pedido que no se enfadara si no acudía a la cena la noche anterior y Kristel había accedido. A cambio, cuando Kristel volvía de ducharse, se la había encontrado en el pasillo, esperándola.

—Quiero estar todo el tiempo que pueda contigo. Compartiendo este día. —Kristel no contestó, solo le hizo un gesto. Esa mañana lloraba por todo.

La doncella había venido un rato antes para peinarla con un recogido, por lo que, cuando Nimué la ayudó a ponerse el vestido azul de inspiración medieval, casi estuvo lista.

—¡Estás preciosa! —Estaba orgullosa—. ¿Vas a llevar velo?

—No, no me gusta. Me han hecho una diadema de flores, pero está en la cocina, metida en agua para que no se estropee.

—¿Quieres que baje a por ella? —Cuando iba a contestar, llamaron a la puerta.

—Adelante. —Kristel sonrió al ver que eran Amélie y Gabrielle. Esta última parecía algo más pálida y delgada de lo habitual, pero su sonrisa cariñosa era la de siempre. Se levantó para saludarlas.

—¡Habéis venido! —Durante el tiempo que había trabajado en el club, había cogido mucho cariño a Amélie, pero Gabrielle era tan dulce y amable, que agradaba a todo el mundo. Las abrazó, agradecida.

—¡Con lo lejos que estamos! ¡Muchas gracias por venir!

—No nos lo habríamos perdido por nada del mundo. ¡Seguramente será el único momento en la historia en el que veremos llorar al juez Richards! —Todas rieron y Kristel se volvió hacia su otra amiga, recogiéndose la cola del vestido para poder hacerlo.

—¿Conocéis a Nimué?

—Solo por lo que tú me has hablado de ella. —Amélie se anticipó dándole dos besos en las mejillas—. Encantada de conocerte. —Mientras Gabrielle la saludaba, Amélie se volvió hacia Kristel, susurrando:

—¿Cómo estás? —Ella inspiró hondo, intentando alejar las lágrimas que continuamente amenazaban con llenar sus ojos—. ¿Qué tal fue la transformación? —Kristel, antes de conocer a Kirby, le había dicho que era algo que no se creía capaz de hacer. Tenía mucho miedo.

—¿Cómo sabes que ya la hemos hecho?

—Cuando pase algo de tiempo, tú también notarás esas cosas. Tus sentidos se irán agudizando, incluso algunos que ahora mismo ni siquiera sabes que posees.

—Todo fue muy bien. Casi no sentí nada, debe ser por tener la sangre mezclada —susurró sin darse cuenta de la mueca que hizo su amiga al escuchar cómo se refería a ella misma—, y en cuanto a cómo estoy... me encuentro muy nerviosa y, a la vez, tremendamente feliz.

—Ya se ve. Con tu sonrisa se podría iluminar la calle —bromeó—. Entonces, imagino que ya no estás en contra del matrimonio. —Kristel agrandó los ojos y luego los entrecerró.

—¡Eres una bruja! Recordarme eso ahora... —Amélie la observaba con expresión burlona.

—No he podido evitarlo —rio, divertida—, después de escucharte tantas veces hablando sobre la liberación de la mujer, diciendo que la institución del matrimonio estaba caduca... —Kristel se tapó los oídos.

—¡Está bien, está bien! ¡Me rindo! Tienes razón —reconoció—. Ahora veo que el miedo hablaba por mí y que, si me caso, puedo seguir luchando por lo que creo igual que antes.

—Entonces, estamos de acuerdo.

Llamaron a la puerta y Gabrielle abrió. Era Devan, su padrino.

—¡Estás preciosa! —Sonrió, acercándose a darle un beso en la mejilla.

—Tú sí que estás guapo, ¿cuándo has llegado? —Él se encogió de hombros. Llevaba un traje de chaqueta azul oscuro muy elegante.

—Hace un rato, pero he tenido que cambiarme. Lo siento, pero no podía dejar el club. Ya sabes... —Le había pedido que viniera a la cena de la noche anterior, pero entendía que no hubiera podido.

—No te preocupes. Tenía miedo de que no pudieras venir.

—¿Qué dices?, ¿y perderme esto? ¡Ni de broma! Ahora en serio, me envían a decirte que puedes bajar cuando quieras —su sonrisa le dijo que se le había ocurrido alguna maldad—, pero yo creo que deberíamos hacerlos esperar un rato, el novio todavía no ha sudado lo suficiente.

Se giró hacia el resto de las damas para decirles lo guapas que estaban. Kristel escuchaba la animada conversación sin prestar atención mientras cogía el anillo de compromiso y se lo ponía en el dedo anular de la mano izquierda. Después de un profundo suspiro, dijo en voz alta:

—Yo me voy. Vengáis o no. —Devan casi tuvo que correr para sujetarla por el brazo.

—Espera, primero que bajen ellas y que avisen de que

enseguida lo haremos nosotros. —Sus amigas salieron rápidamente, después de lanzar a la novia sus mejores deseos y varios besos aéreos. Kristel estaba muy nerviosa y Devan la miraba fijamente.

—Kristel, disfruta de esto. Ya vendrán tiempos en los que tendremos que luchar por aquello en lo que creemos, pero hoy es tu día y el de tus amigos, los que nos alegramos de corazón por todo lo bueno que te pasa. —La barbilla de Kristel tembló—. No se te ocurra llorar, no quiero que te tropieces y me arrastres por las escaleras. Llora todo lo que quieras después, cuando estés ante Kirby y Killian.

—Qué raro se me hace que nos case Killian.

—Ya, pues empieza a ser una costumbre que case a sus amigos. —Recordaba la boda de Gale y le cogió de las manos —. ¿Estás preparada?

—Sí.

—Estoy muy feliz por ti, Kristel.

—Gracias. —Más tranquila, lo besó en la mejilla—. Vamos allá.

El muy malvado insistió en contarle un chiste tras otro mientras bajaban lentamente las escaleras, aunque ella lo miró de mala manera instándole a que no lo hiciera. Pero gracias a Devan, cuando llegó ante Kirby, no había rastro de lágrimas en su mirada. Después de besar el dorso de su mano derecha, Devan susurró:

—Sed felices, por favor.

Los novios se miraron a los ojos y no dejaron de hacerlo durante toda la ceremonia. Apenas hablaron, lo justo para contestar las preguntas de Killian.

Gale observaba, profundamente sorprendido, la transformación de Kirby con la mano derecha entrelazada a la de Brianna, que lucía una incipiente barriguita. Gabrielle, junto a Amélie y Cian, estaban a su lado, asistiendo a la ceremonia, y junto a ellos estaban Helen y Murphy Richards, los padres de Kirby. Su madre era rubia, alta y esbelta, y su padre era muy alto y moreno. Fenton, algo alejado de todos, simulaba prestar atención a la ceremonia, aunque en realidad no podía dejar de pensar dónde estaría Ariel y si su vida correría peligro.

La ceremonia fue corta y emotiva y, cuando terminó, la primera en felicitar a la novia fue la madre de Kirby. Era una vampira muy bella. Su pelo dorado estaba lleno de canas y lo llevaba recogido en un moño similar al de Nimué. Pero fueron sus ojos, dorados y tristes, los que hicieron que Kristel se estremeciera, recordando la desaparición de su hija. La abrazó con cariño pensando en cuánto debía haber sufrido desde aquel momento.

—Hija, no hemos podido hablar en todo el día. Solo quería darte las gracias por hacer tan feliz a Kirby. —Se inclinaba para hablar junto a su oído ya que era más alta que ella—. Siempre te estaré agradecida por eso. —A Kristel se le humedecieron los ojos—. Desde hoy eres parte de nuestra familia. Ahora tengo dos hijas —susurró, mientras algunas lágrimas caían por sus mejillas. Helen se separó suavemente de Kristel, y le limpió los ojos con un pañuelo que sacó de su manga, luego, dijo en voz alta:

—Te he traído un ábaco, es mi regalo personal para ti. Perteneció a Cleopatra y lo tengo en la más alta estima. Por lo que mi hijo me ha contado sobre ti, creo que lo apreciarás.

—Por supuesto —graznó Kristel, mientras se sonaba—. Muchas gracias. Venga conmigo, Helen, le presentaré a los demás. —Todos sus amigos esperaban respetuosamente a que la novia y su suegra terminaran de hablar, para poder felicitarla.

—Tutéame, por favor, ¡eso de hablar de usted ya no se lleva!

∿

UN RATO DESPUÉS, Alfred les dijo que podían pasar al comedor. Antes de entrar, Fenton hizo una seña a Killian para avisarlo de que tenía que hablar con él. El juez murmuró algo en el oído de Gabrielle que asintió y entró sola. Killian caminó hacia Fenton que seguía cerca de la puerta de la entrada.

—¿Hace mucho que has llegado? Tu hermano decía que irías ayer a vuestra casa.

—No he podido venir antes. —Parecía agotado. Killian nunca lo había visto así.

—¿Qué ocurre?

—No ha aparecido. —El juez frunció el ceño ante la preocupante noticia—. Solo ha enviado una nota con una florista que suele vender flores cerca de la casa de Dixon.

—¿Qué decía la nota? —murmuró el juez.

—Que sentía no poder venir a la cita, pero que estaba bien. Y que no podía explicarme nada más por si interceptaban el mensaje. Aunque estoy seguro de que sabía que iba a interrogar a la florista.

—¿Y qué has averiguado?

—Que una anciana sirvienta le había dado una libra a cambio de traerme el mensaje, y yo le dije que le daría otras cinco a cambio de información. —Hizo una mueca al ver la expresión de Killian—. Ya sé que fue una locura, pero necesitaba saber lo que había pasado. Cuando le pregunté si había sabido algo más de la anciana, que los dos sabemos que era Ariel, me dijo que poco después la vio salir de casa junto con una joven muy bien vestida. Iban escoltadas por varios hombres que cargaron muchas maletas en un carruaje al que subieron las dos. Luego se marcharon, los hombres cabalgaban a caballo a los costados del carruaje. Confesó que lo había visto todo desde lejos, pero no tengo dudas de que me ha dicho la verdad.

—Ya veo.

—Acabo de llegar hace unos minutos, pero no puedo quedarme. Me marcho ahora mismo para intentar averiguar algo más. —Esperaba que Killian se negara y le sorprendió que no lo hiciera—. He preguntado por los alrededores de la casa de Dixon, y nadie parece saber dónde han ido. Ni siquiera creo que Ariel lo supiera, si no, estoy seguro de que habría buscado la forma de decírmelo. —Esperó, pero Killian seguía callado, mirándolo muy serio. Fenton esperó, impaciente, hasta que el juez se decidió a hablar:

—¿Sabes por qué tienes tanto interés en ella?

—¿Qué quieres decir? —Killian compuso una mueca burlona al darse cuenta de que Fenton respondía con sinceridad. Su expresión le decía que no sabía nada. Y todavía lo convenció más su contestación.

—Es una agente, una compañera que puede estar en apuros. Tenemos la obligación de ayudarla —Killian asintió, porque estaba de acuerdo, pero se veía una chispa de interés en la mirada que Fenton no entendió.

—Avísame si necesitas algo, y buena suerte. —Se abrazaron rápidamente—. ¿Has saludado a tu hermano? —Fenton compuso una cara de cansancio.

—Sí. Me ha dicho que no me sermoneaba porque me veía muy cansado, pero que hace casi dos meses que no me veía. Y tiene razón. —Los dos hermanos siempre habían estado muy unidos—. Mi sobrino nacerá dentro de poco y no me perdonaría no estar a su lado cuando ocurra. —Se pasó la mano por la cara, intentando despejarse.

—Tienes que dormir antes de volver a Dublín.

—No puedo. Necesito saber si está a salvo. —La angustia en su mirada hizo que Killian se mordiera la lengua y aceptara su marcha. Sin pensarlo, se acercó para darle un último abrazo y murmurar junto a su oído:

—Ten mucho cuidado. Coge a alguien de confianza para que vigile la casa, pero no aparezcas más por allí. No podemos permitirnos echar a perder la única fuente de información fiable que tenemos.

—De acuerdo. —Se apartó de él—. Te mantendré informado. —Killian inclinó la cabeza en silencio y observó cómo se marchaba. Luego, escuchó las ruedas de su carruaje rodando sobre los adoquines de la calle.

Con un suspiro, se volvió hacia el comedor, pero, a medio camino se encontró a Gale, que lo esperaba con cara de pocos amigos.

—¿Y mi hermano? —Estaba furioso.

—Ya se ha marchado. —Antes de que pudiera decir nada, Killian puso la mano en su antebrazo—. ¿Recuerdas lo que hablamos anoche acerca de Ariel y de cómo creía que había impresionado a Fenton? —Gale asintió con cara de extrañeza —. Pues ha desaparecido.

—¿Tú también vas a marcharte? Si quieres, Gabrielle puede quedarse con nosotros. Ya sabes lo segura que es la finca.

—Te lo agradezco, pero no puedo. Es mejor no llamar la atención y Fenton es el mejor investigador de La Brigada. Yo no lo haría tan bien como él. —Gale se quedó mudo, con la mirada fija en la puerta por la que acababa de marcharse su hermano pequeño. Killian le puso la mano en el hombro—. Anda, vamos. Disfrutemos del momento, me temo que se avecinan tiempos en los que va a ser difícil que podamos reunirnos todos por un motivo tan feliz como este.

Gale asintió y juntos entraron al comedor siendo recibidos por una algarabía de conversaciones, en las que se mezclaban las voces de todos los asistentes. Burke se levantó golpeando su copa de *champagne* con una cuchara para que todos lo escucharan, y dijo, haciendo una seña a la orquesta:

—¡Ha llegado el momento del primer baile de los novios!

Kirby se levantó y ayudó a una ruborizada y feliz Kristel a hacer lo mismo y la llevó al centro del salón. Los sirvientes habían despejado la habitación para dejar espacio suficiente para el baile. Los novios esperaron hasta que sonaron los acordes de un romántico vals y empezaron a bailar mirándose a los ojos. Los minutos transcurrieron tan rápidos como segundos mientras se movían de un lado a otro de la pista, igual que habían hecho en las últimas clases que Kirby le había dado.

—Señor Richards. —Kirby arqueó una ceja, expectante—. Me gusta mucho bailar contigo. Tendremos que hacerlo a menudo.

—Cuando tú quieras, señora Richards. —Todos los invitados escucharon la carcajada de felicidad de la novia y aplaudieron felices. En ese momento, según la costumbre, los padres del novio, por un lado, y Nimué con Devan, por otro, los acompañaron en la pista.

Murphy le pidió a su hijo que intercambiaran las parejas.

—Hijo, ten piedad, tu madre está tan contenta, que no deja de parlotear. Me duele mucho la cabeza, déjame bailar con mi nuera una pieza. —Kristel rio al ver que todo era una pantomima organizada por la madre de Kirby, que quería que ella y su marido hablaran.

—Está bien, pero solo lo que dure este vals —concedió. Besó a su mujer en la frente y, cogiendo a su madre por la cintura, comenzó a bailar con ella.

—Helen y usted bailan muy bien. —Su suegro siempre parecía estar sonriendo.

—Siempre nos ha gustado bailar y lo hemos hecho mucho. Kirby, sin embargo, siempre ha sido muy serio. Jugaba solo, no tenía amigos, creímos que nunca se casaría... Cuando nos habló de ti, se lo dije a Helen: se casará con esa chica.

—¿Les había hablado de mí?

—¡Claro, hija! La misma semana que volvió de Dublín, nada más conocerte, estuvimos comiendo con él y vimos que lo habías dejado impresionado. Como nos has deslumbrado a nosotros.

Poco a poco, el resto de las parejas empezaron a bailar y los novios volvieron a la mesa y se sentaron. Nimué, que estaba desaparecida desde hacía unos minutos, se acercó a ellos y Kristel se dio cuenta, nada más verla, de que venía a despedirse.

—Ya nos vamos. —Los novios se levantaron y ella abrazó primero a Kirby—. Cuídala —ordenó, muy seria.

—Siempre —juró, el juez—. ¿Dónde está Cam? —Rígida, Nimué señaló hacia la puerta, donde la esperaba el abogado. Kirby caminó hacia él dejando a las mujeres a solas, para que se despidieran.

Cam estaba pálido. Nimué y él habían salido juntos del salón al terminar la comida. Kirby los había visto y estaba seguro de que iban a hablar antes de marcharse, seguramente para acordar los términos del viaje, pero el más afectado parecía el abogado.

—¿Cómo estás? —Intuía que, fuese cual fuese el error de su amigo, lo había pagado con creces. No había más que ver su cara en ese momento.

—Bien, no te preocupes. —Siguió mirando hacia Nimué —. Kirby, no dejes que nada os separe. Hay errores que nunca se pueden arreglar.

—Lo siento, Cam. Ojalá las cosas fuesen de otra manera.

—Sí, ojalá —Nimué y Kristel caminaban hacia ellos—, pero ahora mismo solo aspiro a que no nos matemos por el camino.

Los acompañaron a la salida y después de que su carruaje partiera, Kirby agarró a su mujer de la mano y se dirigió hacia la parte derecha del jardín, donde no había nadie.

—¿Qué haces? —Él siguió andando hasta esconderse tras un gigantesco magnolio. Haciendo que Kristel apoyara la espalda sobre el árbol, la besó, robándole el aliento y metiendo la lengua en su boca apasionadamente. Ella se abrazó a su cuello y respondió al beso con la misma pasión que él le mostraba. Cuando se separaron, quiso tranquilizarlo.

—Estoy bien. Solo me hubiera gustado que se quedara un poco más.

—Cariño, cuando nos dijo que Cedric tenía una caja fuerte oculta y que ella conocía la combinación, poco me faltó ir yo mismo a ver qué hay en la dichosa caja. Podría ser algo que aclare si *La Hermandad* está detrás de su muerte. Y tenemos que saberlo.

—Lo sé. —Intentaba sonreír, pero no podía.

—Kristel, tenemos la suerte de tenernos el uno al otro y, pase lo que pase, lo afrontaremos juntos.

—Te quiero.

—Y yo. Siempre. Mi velisha.

Se inclinó sobre ella y volvió a besarla con las manos en su cintura, y los rayos de la luna que se colaban entre las hojas del magnolio, acariciaron sus cuerpos.

FIN

ACERCA DEL AUTOR

Margotte Channing nació en Madrid, ciudad en la que vive con sus dos perros, Nala y Bob. Durante muchos años trabajó en un banco, aunque su sueño siempre fue ser escritora. Un día, hace tres años, decidió hacer caso a su corazón y lo dejó todo para dedicarse por completo a su gran pasión. Tras publicar 36 novelas, muchas de las cuales han sido best-sellers en Amazon, se siente feliz y agradecida a sus lectores gracias a los que puede seguir haciendo lo que más le gusta: tejer historias capaces de hacer soñar.

WWW.MARGOTTECHANNING.COM

Made in the USA
Coppell, TX
09 April 2023

15434515R00135